AF221587

Jane Falda

Die Tüte

Climate Fiction

Impressum

Bibliografische Information der Deutschen Nationalbibliothek:
Die Deutsche Nationalbibliothek verzeichnet diese Publikation in der
Deutschen Nationalbibliografie; detaillierte bibliografische Daten sind
im Internet über http://dnb.dnb.de abrufbar.

Herstellung und Verlag: BoD – Books on Demand, Norderstedt

ISBN: 978-3-7568-1691-0

Für alle Plastiktüten dieser Welt.

04.04.2018

Alles begann damit, dass man mir ein Loch in die Haut riss. Für eine Einkaufstüte aus Plastik, so eine, wie ich es bin, ist ein Loch katastrophal. Unbrauchbar wurde ich. Mein komplettes Dasein auf einmal sinnlos.

Ich wartete an jenem schicksalhaften Tag in einem Supermarkt mit anderen Tüten meiner Sorte darauf, dass mich einer dieser Menschen kaufte. Darauf, dass einer dem Plastik nicht widerstehen konnte und trotz Gebühr sich eine bunte und glänzende Plastiktüte leistete.

Neben uns warteten die eingebildeten Papiertüten, die uns schon den ganzen Morgen mit abfälligen Kommentaren bedachten. Ich versuchte, das auszublenden und beobachtete die Menschen, die sich durch die Kassen drängten. Kinder mit Eltern, Senioren mit Rollatoren, Jugendliche mit Kopfhörern.

„Komm', nimm mich schon!", rief die Tüte, die von uns an erster Stelle unter der Kasse hing, als ein Mädchen unschlüssig zwischen den Papiertüten und uns hin und her blickte. Schließlich griff es zu einer Papiertüte.

Wir stöhnten genervt auf, während das feindliche Lager jubelte. Sie führten Statistik und sie lagen deutlich vorne – schon seit Monaten, hatte man mir erzählt. Gesetze hatten uns hinten angestellt. Gebühr auf Plastik. Jedenfalls in den Supermärkten.

Da ich außer dem Supermarkt noch nicht viel gesehen hatte, bestätigten die ersten Eindrücke das Gerede. Papier hatte die Oberhand. Wenn die Papiertüten wenigstens nicht so gemein gewesen wären, dann hätte man sich ja noch die Zeit nett vertreiben können – aber es schien eine große Kluft zwischen Papier und Plastik zu herrschen. Es war eine lang begründete Feindschaft.

Da ich weiter hinten in der Reihe der Plastiktüten hing, konnte es noch dauern, bis mich ein netter Mensch mitnahm und ich die Welt erkunden konnte. Dachte ich.

Dann aber kam eine Großfamilie, in der der Bedarf an zusätzlichen Taschen überproportional war. Sie schoben drei volle Einkaufswagen an uns vorbei und der Familienvater riss gleich vier meiner Kollegen an sich.

„Macht's gut!", konnte einer von ihnen noch rufen und wir wünschten den Vieren gute Reise.

Und dann ging es Schlag auf Schlag. Die Leute drängten sich immer mehr in den Gängen, die Waren häuften sich auf den Kassenbändern und die Kassiererinnen waren gestresst.

„Es ist Samstag", erwähnte eine Tüte hinter mir. „Guckt euch diese Verrückten an, was die alles kaufen!"

Mit immer größer werdendem Erstaunen verfolgte ich die Gegenstände und Lebensmittel, die die Menschen auf die Bänder warfen. Bananen in Plastik, Wasser in Plastikflaschen, Brot in knisternden Tüten, Tomaten in Dosen, Fisch in Beuteln, Fleisch in Folie, Bier in Glas – und ich hörte dabei viele Stimmen. Die der anderen Verpackungen auf den Kassenbändern.

„Aaah!", schrie eine Milchtüte, als ein Kind sie versehentlich fallen ließ und sich ein großer weißer Fleck auf dem Boden ausbreitete. Die Tüte war zerrissen.

8

„Was machst du denn?!", rief die Mutter des Kindes verärgert. Ein Angestellter des Supermarktes kam angeeilt und schrubbte die Milch weg. Die Tüte wurde in einen Sack geworfen und war weg.

„Was machen sie mit ihr?", fragte ich erschrocken in das aufgeregte Gemurmel der Kollegen.

„Sie kommt in den Müll", erwiderte die Tüte vor mir in der Reihe.

„Was heißt das?", wollte ich wissen.

„Was weißt du denn von der Welt?! Müll, das ist der Ort, an dem wir alle friedlich zusammenleben werden. Kunterbunt. Jahrelang", rief die Tüte genervt.

Ich schwieg und dachte nach. Was machte das für einen Sinn?

„Ist es etwas Gutes? Müll, meine ich?", fragte ich schließlich nach. Niemand antwortete mir.

Auf einmal stellte ich fest, dass vor mir nur noch zwei andere Tüten auf Menschen warteten. Sollte ich tatsächlich bald auch auf Reise gehen? Meine Fasern spannten sich an.

Zwei ältere Damen griffen zu den Kollegen vor mir und da war ich an erster Stelle, glänzend wie jede andere Tüte auch. Makellos. Ich wartete. Ich zitterte, der Strom der Menschen wischte an mir vorbei und ich wurde immer nervöser.

Da kam eine dünne Frau mit ernstem Gesicht, die bereits eine Tasche bei sich trug, allerdings war die aus Baumwolle. Die schien für ihre Einkäufe aber nicht auszureichen und sie schnappte mich kurzerhand und klatschte mich auf das Kassenband. Ich lag auf Äpfeln und Kartoffeln. Ohne weitere Vorwarnung fasste mich die Kassiererin und scannte mich an einem Display. Vor Schmerz schrie ich auf, als das rote Licht auf meine Haut traf.

Und dann riss die Frau mich auf und stopfte in Windeseile die gekauften Lebensmittel in mich hinein. Äpfel, Birnen, Ananas, Schokolade, Spaghetti. Der Schreck ließ mich alles schweigend ertragen. In mir allerdings fingen die Verpackungen an, sich zu schubsen und zu meckern.

„Macht euch nicht so breit!", maulte die Spaghetti-Verpackung.

„Ihr zerquetscht mich!", kreischte die Tüte mit den Birnen.

Mit einem Ruck hob mich die Frau hoch in die Luft und ich klatschte an ihre Beine und die Stofftasche.

„Hey!", schrie die auf.

Ich bekam kein Wort heraus. Die Ananas bohrte ihre spitzen Blätter in meine Haut und ich erzitterte. In großen Schritten verließ die Frau den Laden, auf dem Parkplatz erfasste mich ein kalter Wind. Voll gefüllt trug uns die Frau zur Bushaltestelle, sie betätigte mit der anderen Hand ein Handy.

Der Bus kam sofort, die Frau stieg mit anderen Menschen ein, die auch größtenteils mit Tüten ausgestattet waren. Wir drängten uns zusammen und von allen Seiten bohrten sich Gegenstände in mich, die Stofftasche wurde an mich gepresst, das Knie eines Jungen traf uns beide frontal. Das ganze Chaos überforderte mich total und mit Schrecken stellte ich fest, dass sich die Ananas in mir weiter verlagert hatte und ich gegen ihren Druck kaum noch standhalten konnte. Sie stach immer mehr in meine Haut. Die Hitze im Bus war unerträglich und die Baumwollfasern der Stofftasche fingen an auf meiner Haut zu jucken.

„Lasst mich raus!", keuchte ich panisch.

10

Die Stofftasche zischte: „Du bist hier nicht die einzige, die sich hier quetschen muss."

Als der Bus hielt und ein paar Leute ausstiegen, setzte sich unsere Frau plötzlich auf einen frei gewordenen Platz und pfefferte uns auf den Boden.

Und da passierte es. Die Ananas riss mir ein Loch in die Haut.

„Aaah!", schrie ich auf und ein tiefes Zittern durchlief meine Fasern. Die Stofftasche zuckte zusammen und ein paar andere Tüten schauten entsetzt zu uns herüber.

Oh, nein! Wie konnte mein erster Ausflug in die weite Welt nur so beginnen? Ich war verzweifelt und bekam nur nebenbei mit, wie wir schließlich ausstiegen.

„Hey, Poly, Plastiktüte, jetzt behalt mal deine Nerven!", rief die Stofftasche. Ich hörte sie kaum, ihre Stimme klang wie im Nebel. Mit schmerzenden Fasern klemmte ich in der Hand der Frau, sie eilte über eine Straße und in ein Haus.

Dort kam es zum Desaster. Die Frau leerte mich komplett auf dem Küchentisch aus und die Verpackungen purzelten fluchend wild durcheinander heraus – und dabei vergrößerte sich mein Riss weiter.

„Passt doch auf!", fuhr ich die anderen an und betrachtete entsetzt das klaffende Loch in meiner Haut. Es war genau mittig auf einer Seite. Kaum zu übersehen. Die Welt schien still zu stehen. Die Stofftasche hing bereits entleert am Küchenstuhl und war unversehrt. Natürlich!

Ich empfand nichts als Angst, als die Frau kurzerhand die anderen Verpackungen auf dem Tisch aufriss, die Lebensmittel entnahm und dann die zerstörten Verpackungen in einen gelben Sack an der Küchentür stopfte. Die Verpackungen jammerten in dem gelben Sack und dieser schien auf einmal aufzuwachen.

„Jungs, keine Panik", brummte er. „Wir halten zusammen. Wir sind in der Überzahl."

Bevor ich noch etwas zu diesem mysteriösen Kommentar sagen konnte, erschien das ernste Gesicht der Frau über mir, sie runzelte die Stirn und besah sich das Loch.

„Ach, es hält auch keine einzige Tasche aus diesem Supermarkt", sagte sie, packte mich und beförderte mich in den gelben Sack.

Das gedämpfte Licht dort nahm mir komplett die Sinne.

„Willkommen im Müll!", sagte eine Blechdose links von mir. „Ich hoffe, deine Reise war bisher angenehm. Jetzt kommt das große Warten."

Müll! Das musste er sein. Wir waren Müll. Wir waren alle zusammen und das musste irgendeinen Sinn ergeben.

„Warten?", wiederholte ich schwach. „Worauf warten wir?"

„Na, auf die Müllabfuhr!", kicherte eine dünne Plastikschachtel. „Schon blöd, das mit deinem Loch. Hättest länger halten sollen."

Ein paar Augenblicke war es ganz still im gelben Sack. Es knisterte nur. Neben und unter mir.

Dann hörte ich die Stimme der Stofftasche von draußen: „Hey, Poly, mach' dir nichts draus, diese Ananas war echt zu schwer. Dumm gelaufen."

Wieso nannte sie mich andauernd Poly?

„Poly?", fragte der gelbe Sack. „Seit wann haben wir Namen?"

„Na, diese Plastiktüten sind doch alle gleich, alle aus diesem Polyethylen, irgendwas oder so ähnlich. Der Name passt

12

doch, oder nicht? Es gibt viele Polys in dieser Welt. Alle gleich", sagte die Stofftasche besserwisserisch.

Ich fühlte eine große Leere in mir. Es hatte keine Stunde gedauert und schon war ich in diesem Müll gelandet. Gefangen in einem Sack. Aussortiert. Hitze stieg in mir auf, die ganzen Verpackungen schienen sich immer mehr in diesem Sack auszubreiten und es wurde unerträglich für mich.

„Und jetzt?", hörte ich mich verzweifelt fragen. „Wie kommt man hier wieder raus?"

03.06.2298

Heute sollte der Asteroid 666 die Erde treffen. Das hatten sie genau ausgerechnet.

Ich starrte auf den Display über der Schlafzimmertür: es war sieben Uhr. Das Datum direkt daneben: 03.06.2298. Von draußen fiel helles Morgenlicht durchs Fenster. Für einen Moment schloss ich wieder die Augen und seufzte. Ich hatte gehofft, dass die Sache mit dem Asteroiden schon während der Nacht passiert war, um das ganze Theater einfach zu verschlafen. Aber nein, die Sonne ging gerade auf. Die Welt war noch da.

Mit einem Ruck sprang ich aus dem Bett und schaute misstrauisch aus dem Fenster. Eine graue Einöde aus Sand erstreckte sich in der Ferne, davor hoben sich die Hochhäuser ab, einsame Gestalten in einer Wüste. Die Sonne glänzte rot am Horizont, ihre Finger griffen nach der Erde und drangen bis zu mir in die Wohnung. Ich langte nach meinem Schutzanzug und machte mich auf den Weg in die Küche.

Meinen Zeigefinger steckte ich in das Messgerät im Anzug. Es piepte nach wenigen Sekunden, summte und kurz darauf sagte es: „Erhöhter Adrenalinspiegel, erhöhter Puls. Essen Sie etwas Beruhigendes. Viel Kohlenhydrate."

Ich schüttelte nur den Kopf und öffnete den Kühlschrank. Er war bis zum Bersten gefüllt, denn sie hatten jedem Einwohner in der Stadt eine Notration für einige Wochen bereitgestellt, damit wir im Falle einer tatsächlichen Kollision der Erde mit dem Asteroiden wenigstens etwas zu essen hätten. Essen! Wenn das dann die geringste Sorge sein sollte. Es übertraf meine Vorstellungskraft, was bei einer Kollision passieren könnte. Sie hatten aber alles genau geplant, Vorbereitungen getroffen. Heute sollte der Asteroid kommen.

Gedankenverloren hockte ich am Küchentisch und löffelte ein Müsli. War es möglich, dass sich die Wissenschaftler geirrt hatten? Seit zehn Jahren probten wir den Ernstfall, mussten Übungen mit Katastrophenalarm über uns ergehen lassen und seit einigen Monaten schossen sie die ersten ausgewählten Menschen auf Weltraumreise, damit sie erst mal in Sicherheit waren. Die, die wichtig waren für den Erhalt der Menschheit. Pah!

Auf dem Weg zur Arbeit traf ich auf einige Leute, die ebenfalls unterwegs waren. Das Leben ging also weiter, so sah es aus. Vielleicht hätte ich aber auch zu Hause bleiben und den Himmel beobachten sollen. Ob der Asteroid kam. Doch ich wollte etwas tun. Auch wenn es immer das Gleiche war. Plastik sammeln. Die Erde von dem ganzen Müll befreien. Und nach dem einen Ding suchen, nach dem alle suchten, seit Langem.

14

Die Regierung hatte vor einigen Jahren, es war noch bevor der Asteroid 666 entdeckt und berechnet worden war, eine großflächige Suchaktion gestartet, wozu jeder auf unserem Kontinent beitragen musste. Sieben Tage die Woche stand ich auf und hatte nur diese eine Tüte vor Augen, nach der wir alle suchten.

Als ich an meinem Arbeitsplatz am ausgetrockneten Flussbett am Stadtrand ankam, erblickte ich bereits meinen Kollegen Jin, der in den Plastikbergen wühlte. Ich musste mich an einem Gerät scannen, das in der Landschaft stand, damit mein Chip hinterm Ohr eingelesen wurde und es erschien ein grünes Licht auf dem Monitor. Ronan Sova. ID 0666. Daneben wurde angezeigt, wie viel CO_2-Schulden ich bereits bis heute abgearbeitet hatte: mir lag eine Schuld von 250000 Tonnen auf den Schultern, davon hatte ich bislang 18000 abarbeiten können.

In dem Moment piepte mein Display im Arm des Schutzanzugs, ich hatte eine Nachricht: „Liebe Bürgerinnen und Bürger, auch wenn wir heute mit dem Asteroiden 666 rechnen, so bitten wir Sie alle inständig, auf Ihre Arbeitsplätze zu gehen und Ihre Aufgaben zu erfüllen. Sie wissen, wie wichtig unser aller Auftrag ist. Denken Sie an die Zukunft der Menschheit. Bis zuletzt."

Und ein Bild dieser Tüte erschien, diese, nach der alle suchten. Mein Herz pochte schneller, vor Ärger und Verdruss. Ich konnte sie einfach nicht mehr sehen, ich konnte es nicht ertragen. Auf dem Foto war eine gelbe Tüte mit roter Schrift, alt und löchrig. In ihr das kostbare Ding.

„Ja, Leute, keine Sorge, wir suchen uns hier dumm und dämlich", schnaufte ich und ging zu meinem Kollegen, der vor sich hin murmelnd ein Plastikteil nach dem anderen sorgfältig aus dem Haufen nahm, sich es kurz ansah, wenn möglich auch öffnete und es dann nach einem Blick auf seinen Display wieder enttäuscht ablegte, in einen Sammelbehälter im Sand. Ohne ein Wort zu sagen betrachtete ich Jin, wie er beflissen seine Aufgabe erfüllte. Er hatte nach all den Jahren den Tick angenommen, bei jedem Teil aus dem Müll zum Vergleich auf den Display zu schauen, ob es nicht doch wirklich diese Tüte war, ob er nun eine Dose oder eine Gabel in der Hand hatte. Er war krank von dieser Suche. Der stinkende Abfall schien sein Gehirn zu vernebeln. Er bildete sich überall gelbe Tüten ein, hatte er mir schon oft gesagt und er träumte davon. Es tat mir weh, ihn so zu sehen.

Ich seufzte tief und ging zu ihm. Jin wandte mir sein blasses Gesicht zu und versuchte zu lächeln. Seine Augen waren traurig.

„Hallo, Ronan. Bist du auch schon hier? Ich dachte, es kommt heute niemand, wegen des Asteroiden...".

„Das dachte ich auch, dass keiner zur Arbeit kommt", erwiderte ich und begutachtete den Müll vor unseren Füßen. Jin beobachtete mich, wie ich die ersten Plastikflaschen aus dem Müll zog und sie ohne Zögern in den nächsten Behälter warf.

„Denkst du, wir sollten wirklich einfach so weiter arbeiten? Was ist, wenn der Asteroid kommt und wir sind draußen und werden verletzt? Die meisten sitzen bestimmt schon geschützt in ihren Bunkern ...", begann Jin ängstlich.

Ich richtete mich auf und betrachtete ihn eingehend.

„Jin, wenn du so eine Angst hast, dann geh' nach Hause! Ich kann da nicht sitzen und warten. Was ist, wenn der Asteroid nie kommt?"

16

Jin schwieg und kaute auf seiner Unterlippe. Die Angst machte ihn fertig. Seit Monaten führte er Monologe während der Arbeit. Ich hatte angefangen, mit Kopfhörer zu arbeiten, weil es mich wahnsinnig machte. Am anderen Ufer sah ich unsere Kollegen auftauchen, sie grüßten kurz herüber und fingen mit ihrer Arbeit an.

„Ich denke, ich rufe die Help-Line an und frage, was sie meinen. Sie wissen bestimmt einen Rat", sagte Jin zögernd.

„Gute Idee!" Ich konzentrierte mich auf ein paar Plastiktüten, die alle natürlich nicht der gesuchten entsprachen. „Dann bist du vielleicht besser drauf."

Jin ging wie ein Tiger hin und her und murmelte sich ein paar Worte vor, die er sagen wollte. Dann tippte er auf seinen Display im Anzug und nach wenigen Sekunden sprach eine Frauenstimme: „Help-Line, Guten Morgen. Was können wir für Sie tun?"

Jin antwortete mit dünner Stimme: „Ja, hallo. Jin hier. ID 3541. Ich wollte fragen, äh, ist es heute gefährlich nach draußen zu gehen? Ich mache mir Sorgen. Ich..." Er wurde in seinem Redefluss unterbrochen.

„Jin, machen Sie sich keine Gedanken. Die offizielle Anweisung der Regierung heute lautet: Gehen Sie raus und gehen Sie Ihrer Arbeit nach. Der Asteroid 666 ist bislang nicht auf dem Radar gesichtet worden. Nehmen Sie Ihre Beruhigungstabletten, ja? Und inhalieren Sie ebenfalls. Sollten Sie noch gesundheitliche Beschwerden haben, rufen Sie wieder an, ja?" Und das Gespräch war beendet.

Jin sah mich an, aber ich gab keinen Kommentar von mir und er zog seine Tabletten aus dem Anzug, schluckte sie. Dann nahm er sein Inhaliergerät und sog kräftig daran. Schließlich bückte er sich und arbeitete weiter. Mir hatte das

17

Ganze einen Schauer über den Rücken gejagt. Nimm die Tabletten und halt deinen Mund! Das hatte sie gemeint, diese Help-Line-Frau in der Leitung. Ich pfefferte einen alten Autoreifen in einen Sonderbehälter für Gummi.

04.04.2018

Es dauerte nicht lange und in die Küche stürmte ein schlaksiger Junge, wie ich durch den gelben Sack erkennen konnte.

„Mama, komm' mal gucken, ich kriege meine Klamotten nicht alle in den Koffer! Der ist viel zu schwer, wie soll ich den mitkriegen im Flugzeug?"

„Ja, Timo, ich komme schon." Die Frau ließ ihren Herd in Ruhe, an dem sie angefangen hatte zu kochen.

Nach kurzer Zeit kamen beide zurück und ohne weitere Vorwarnung griff der Junge in den gelben Sack. Alles zuckte zusammen und wir hielten den Atem an. Sein Gesicht erschien über uns und er beäugte uns alle kritisch. Dann erblickte er mich. Für einen Moment hatte ich den Eindruck, dass er mich mit seinem Blick genau durchleuchtete – bis er mich blitzschnell mit einer Hand aus dem Sack riss.

Was war denn jetzt los? Die plötzliche Befreiungsaktion ließ die anderen Verpackungen sprachlos zurück, nur der gelbe Sack rief mir noch hinterher, während Timo mit mir aus der Küche eilte: „Poly, war nett dich zu hosten! Pass auf dich auf!"

18

Im Zimmer von Timo herrschte Chaos: seine Klamotten lagen überall auf dem Boden herum, er hatte Taschen und Koffer dort stehen und mehrere Paar Schuhe. Ohne weitere Erklärungen nahm Timo ein dickes Paar Turnschuhe und stopfte es in mich. Ich schrie auf, das Loch in mir schien er gar nicht bemerkt zu haben, er pfefferte mich in eine der Taschen, in der sich schon ein paar Dinge befanden. Ich war stumm vor Schmerz, die Schuhe hatten das Loch bestimmt vergrößert. Wie ungehobelt die Menschen doch waren!

Timos Gesicht war von einer steilen, konzentrierten Falte auf der Stirn beherrscht, während er weitere Gegenstände in den Koffer neben der Tasche packte. Schließlich landete neben mir eine dünne bläulich durchsichtige Tüte, die mehrere Hygieneartikel enthielt.

„Autsch!", rief diese und bemerkte mich dann. „Hallo", sagte sie leicht entschuldigend. Ihre Stimme wurde in der fast vollen Tasche verschluckt.

„Hallo", brachte ich hervor und beobachtete ängstlich Timo, wie er den Koffer weiter füllte. Hoffentlich legte er nichts auf uns! Was auch immer hier vorging, es war eindeutig stressiger, als ich mir je ausgemalt hatte. Schon sehnte ich mich nach dem gelben Sack.

„Tja, wir gehen dann wohl auf Reisen", sagte die blaue Tüte neben mir und die Zahnpastatube in ihr rief: „Kollegen, könnt ihr mal was Platz machen, ich liege echt verdammt ungünstig!"

Die Dosen und Behälter in der Tüte maulten. „Wie sollen wir das machen, bitteschön? Du bist die größte von allen hier, da können wir doch nichts für!" rief eine kleine Cremedose.

19

Die blaue Tüte seufzte. „Das kann ja eine Reise werden! Der Junge will auf Auslandssemester – nach Lissabon! Ich habe gehört, dass der Flug mindestens drei Stunden dauert!"

„Flug? Lissabon?", wiederholte ich verwirrt.

„Ja, der fliegt mit dem Flugzeug, morgen früh. Und wir sind dabei." Die Tüte lachte. Es war ein fröhliches Lachen und zum ersten Mal seit vielen Stunden entspannten sich meine Fasern ein bisschen. Flugzeug? Davon hatte ich noch nie gehört. Ohne, dass ich es wollte, verspürte ich Neugier.

„Wir verlassen also diesen Ort hier?", fragte ich hoffnungsvoll.

„Ja, aber wir bleiben in dieser Tasche, erst mal, ohne dieses Transportmittel geht es nicht", erklärte die blaue Tüte. „Du musst wissen, ich bin so eine spezielle Tüte für Reisen. Die Menschen benutzen mich, wenn es ins Flugzeug geht. Mit Timo war ich schon dreimal auf Mallorca und erst vor kurzem in Italien."

„Du bist schon viel herumgekommen, oder?", fragte ich und betrachtete die Tüte neben mir genauer. Sie hatte einen schiebbaren Verschluss und war auf ihrer Oberfläche unversehrt, kein Loch war zu sehen, nur ein paar Wasserflecken an einer Ecke. Sie wirkte stabil.

„Na ja, was heißt herumgekommen? Ich fliege zwar mit, aber ich hocke die meiste Zeit im Badezimmer oder in einer Tasche." Sie lachte wieder. In dem Moment ging das Licht im Zimmer aus und Timo verschwand.

„Weißt du, die Menschen fliegen und fliegen – von hier nach da und so weiter. Da braucht man viele Tüten so wie mich. Du glaubst nicht, wie viele es von meiner Art gibt. Es sind Milliarden."

20

„Leute, der Stress ist vorbei", meldete sich plötzlich die große Sporttasche, in der wir hockten. „Er hat alles gepackt. Entspannt euch und redet nicht so viel."

„Geht klar", sagte die blaue Tüte.

Es wurde still um uns. Ich streckte meine Fasern und fühlte Erleichterung. Ich war dem Müll entkommen. Ich würde auf Reisen gehen. Mit einer Tüte voller Hygieneartikel.

03.06.2298

Nach einiger Zeit kam Julie vorbei, die uns jeden Morgen pünktlich unsere Tagesration für Frühstück und Mittagessen vorbeibrachte, damit wir bei Kräften blieben. Vielmehr, sie kam vorgefahren, in einem kleinen solarbetriebenen Elektroauto, da sie ein bestimmtes Gebiet abfahren musste, um mehrere Leute zu versorgen. Für jeden am Flussbett war heute ein Brot dabei, es war dick mit Marmelade bestrichen. Künstliche Marmelade.

Ich verweigerte jedes Mal das Brot, denn es ekelte mich an, es war nichts daran, was mir schmeckte und mir wurde schlecht, wenn ich daran dachte, dass alles aus einer Fabrik kam.

Es gab fast keine Tiere mehr auf dieser Welt, keine Insekten weit und breit. So gab es keine natürlichen Früchte mehr, die auf Bäumen oder Sträuchern wuchsen, es musste alles künstlich hergestellt werden.

Julie fuhr weiter. Sie hatte es relativ einfach: Sie gehörte zu denen, die Zugang in die klimatisierte Welt der Elite hatten. Wir waren „die da draußen", die in Schutzanzügen schufteten und sich nur in ihrer Wohnung aufhalten durften, wenn wir nicht gerade arbeiteten. Julie fuhr nur heraus, weil sie Leute brauchten, die uns versorgten.

Ich richtete mich auf und schaute zur Sonne. Sie sah auf uns herab und es kam mir vor, als würde sie hämisch lachen. Ihr seid da unten gefangen, ihr kämpft ums Überleben mit eurem Müll und eurem geschundenen Planeten. Und ich werde weiter strahlen. So wie jeden Tag.

Jin hatte bislang schweigend weiter gearbeitet, doch jetzt zur Frühstückspause fing er erneut an, über den Asteroiden zu reden.

„Ich denke, wir sollten heute nicht so lange arbeiten. Zur Sicherheit", meinte er vorsichtig.

Ich zuckte die Schultern. Es war mir egal, was er sagte. Ich war tief in Gedanken. Die letzten Jahre hatte ich mir Visionen ausgemalt, wie wir ewig in diesem Müll wühlen würden, unsere CO_2-Schulden abarbeiteten. Ich betrachtete meine Hände. Was tat ich hier nur? War ich noch ein Mensch?

Ich stellte mir vor, wie die Damen an der Help-Line auf ihren Bildschirmen die Kameras anklickten und uns durch die Displays in unseren Schutzanzügen kontrollierten. Diese verdammte Tütensuchaktion nahm alle Ressourcen auf unserem Kontinent in Anspruch! Und dabei handelte es sich nur um ein dummes Notizbuch, in dem angeblich die Rezeptur für die lebensrettende Medizin stand, die wir alle brauchten. Dieses Buch sollte in eben dieser Tüte stecken. Es hatte einer berühmten Umweltschützerin, Luna Fonseca, gehört, die als Jugendliche mit anderen ihrer Generation auf die Barrikaden

22

gegangen war und damit eine Welle in Gang gebracht hatte, die die Proteste von Umweltschützern in der Geschichte der Erde allesamt übertrafen. Die vollständige Gletscherschmelze und das Verschwinden von Inseln und Ländern hatten die junge Generation damals aufstehen lassen, sie Einzug in die Politik haben lassen.

Luna hatte mit ihrer Partei einige Fortschritte für den Klimaschutz erreichen können: CO_2-Steuer auf alle Tätigkeiten der Industrie, Bestrafung von illegalen Urwaldabholzungen und Eindämmung der Flugreisen durch Kontingente, die personengebunden verteilt wurden. Die Partei hatte in Portugal lange regiert, dann einen Siegeszug durch Europa genommen.

Luna war sehr alt geworden, denn sie hatte durch einen Zufall eine wertvolle Pflanze mit einer besonderen Heilkraft geschenkt bekommen. Sie hatte diese Pflanze ihr Leben lang eingenommen und war 130 Jahre alt geworden. Doch die Rezeptur zur Zubereitung des Heilmittels war nirgendwo mehr zu finden, sie hatte es niemandem verraten. Ein Vertrauter von ihr hatte der Öffentlichkeit erzählt, dass sie nur aufgrund dieser Pflanze so alt geworden sei.

Sie war nicht krank geworden wie alle anderen. Und deshalb suchten wir. Denn wir waren krank. Verdammt krank. Krank durch jahrhundertelangen Konsum von Giften, in der Nahrung, in der Luft.

Die Partei von Luna, Esperança, hatte sich in eine Richtung entwickelt, die von Luna absolut nicht gewollt gewesen wäre, wenn sie noch auf dieser Erde wäre: Sie waren über die politische Ausrichtung in Streit geraten, als der Meeresspiegel stieg und stieg und die Länder unter Dürre und Hunger litten. Sie hatten zunächst die Herrschaft über Europa errungen, es gab aufgrund der desaströsen klimatischen Bedingungen keine starke Opposition mehr, alle stimmten für Klimaschutz und Esperança hatte binnen weniger Jahre bis 2250 die Herrschaft des kompletten eurasischen Kontinents kampflos übernommen. Ländergrenzen gab es zwar noch, aber nur noch eine Regierung.

Dann wurde ein großes Schuldensystem aufgestellt, in dem jeder Bürgerin und jedem Bürger ausgerechnet wurde, was er selbst an CO_2-Schulden in seinem Leben schon verursacht hatte und aber auch das, was seine Familie produziert hatte. Und natürlich schnitten die Menschen in den ehemaligen Industrieländern am schlechtesten ab. Sie wurden von da an für die unangenehmen Arbeiten verpflichtet, so konnte man es bezeichnen. Sie mussten in Kläranlagen, auf Müllkippen, in Pflegeeinrichtungen arbeiten oder andere körperlich und seelisch anspruchsvolle Jobs übernehmen. Jeden Tag wurde die eigene CO_2-Schuld dadurch ein kleines bisschen abgearbeitet, wenn das denn überhaupt alles in Zahlen umsetzbar war!

Der nun herrschende Parteivorsitzende von Esperança, Luca, hatte allerdings in der Zwischenzeit beschlossen, dass das einzige Ziel nun nur noch sein könne, die Rezeptur dieses sagenumwobenen Heilmittels zu finden und die Menschheit von ihrem Dahinsiechen zu befreien. Luca und seine Genossen hatten eine Gendatenbank der Pflanzen aus aller Welt angelegt, dies zur Ergänzung der Gendatenbanken, die schon von unseren Vorfahren errichtet worden waren.

Diese Rezeptur stand angeblich in genau diesem Notizbuch, das sich in der Tüte befinden sollte. So lautete die Aussage von diesem Vertrauten von Luna, der natürlich auch nicht mehr unter uns war, aber dieser einzige Hinweis auf die

24

Rezeptur hatte sich in den Köpfen dieser machtbesessenen Partei festgesetzt. Genauer, im Kopf des Parteivorsitzenden, Luca.

Ich dachte mir, dass der einzige Grund für diese dämliche Suche nur der sein konnte, dass Luca das Heilmittel für sich allein brauen würde und dann für immer die Erde mit seinem Raumschiff verlassen würde. Ein unbegrenztes Leben im All führen konnte. Als wenn wir da draußen etwas davon abbekommen würden, auch wenn wir genauso krank waren wie Luca.

Im Vergleich zu den Menschen vor zweihundert Jahren sahen wir deutlich schlechter aus, wir waren dünner, die Knochen weich, viele hatten Haarausfall und Allergien. Und die Lebensdauer hatte sich ebenfalls verkürzt, die Ernährung war schlecht, das Wasser sowieso. Ein Heilmittel konnte jeder gebrauchen, nicht nur die Regierung.

05.04.2018

Der nächste Tag war für mich eine Lehrstunde der menschlichen Technik. Und des Lärms, der auf dieser Welt herrschte. Ich will gar nicht lange darüber berichten, denn die Flugreise war ein reines Getöse, Geschreie und Gewusel. Alle in der Tasche wurden hin und her gerüttelt, als diese große Maschine startete und dann lagen wir alle wild durcheinander.

Es dauerte ewig, bis wir endlich befreit wurden. Wir landeten mit dem aufgeregten Timo in einer Studentenbude in einem hohen Haus mitten in einer vollen und lärmenden Stadt. Lissabon. Schon während Timo uns vom Flughafen zu diesem Haus geschleppt hatte, hörten wir viele Stimmen.

„Wir sind in Lissabon, eine echte Großstadt!", stellte die blaue Tüte fest, auf die ich unfreiwilligerweise während des Fluges gerutscht war. Es war mir total peinlich gewesen, vor allem mit den alten Turnschuhen in mir. Sie hatte sich nichts anmerken lassen und die ganze Reise über ein paar Anekdoten von ihren Reisen erzählt, damit wir uns von der Unsicherheit und Nervosität ablenkten. Sie war schon wirklich sehr nett und ganz anders als die anderen Verpackungen – einfach positiver und entspannter. Sie verriet mir dann irgendwann auf dem Flug ihren Namen: Carrie. Sie sagte, dass sie ihn von Timos Koffer bekommen hatte, der schon viele Reisen gemacht hatte und unter anderem in England längere Zeit gewesen war.

Ich stellte mir vor, was passiert wäre, wenn ich auch eine solche Hygienetüte wäre – hätte ich dann ein besseres Leben und mehr Respekt von den Menschen erhalten? Hätte mein Dasein dann mehr Sinn?

Meine Gedanken nahmen ein abruptes Ende im neuen Zimmer von Timo. Es gab keine weiteren schönen Momente mit der blauen Tüte. Wir wurden alle zügig nacheinander aus der Tasche geholt, Timo zog die Schuhe aus mir heraus und stopfte mich dann in einen alten Schrank in der Ecke des Zimmers. Neben mir landete die leere Sporttasche, in der ich transportiert worden war und dann irgendwann der leere Koffer. Wir hockten da und ich konnte nur noch sehen, wie er die blaue Tüte mit ins Bad nahm. Ich wollte etwas rufen, aber dann fiel mir nichts ein. Es war, als würde die Angst mich wieder packen – das Gefühl der Machtlosigkeit.

Die blaue Tüte aber rief unter dem Griff von Timo noch: „Bis zur nächsten Reise, Poly! Dann sehen wir uns wieder."

„Ja, mach's gut, Carrie", rief ich gerade noch, dann waren die beiden im Bad. Und dann sah ich sie nicht mehr. Denn der Koffer, die Sporttasche und ich wurden eingesperrt in diesem Schrank. Für eine endlos lange Zeit.

Zunächst schien es mir, dass wir jederzeit wieder benutzt werden konnten, jeden Moment konnte Timo kommen und uns wieder brauchen. Doch nach wenigen Tagen war diese Hoffnung hinüber. Timo war in Lissabon angekommen und er brauchte uns nicht mehr. Diese Erkenntnis ließ mich ganz traurig werden. War der Müll dann nicht doch die bessere Alternative?

Der Koffer, der schon viele Jahre auf dem Buckel hatte und vor Erfahrungen strotzte, versuchte, mich aufzuheitern.

Er berichtete von seinem Leben in England, mit dem Vater von Timo war er damals dort gewesen. Für ein paar Monate. Von diesem Menschen hatte er einiges aufgeschnappt und sich Kenntnisse angeeignet. Timos Vater war Psychologe und Personal Trainer, was dem Koffer interessante Gespräche mit Patienten oder Kunden beschert hatte (indem er sie durch die Schrankwand im Wohnzimmer mitgehört hatte).

Die ersten Tage lag ich wie gelähmt im Schrank, zerknittert und erschöpft.

Der Koffer sprach irgendwann zu mir und ich erschrak: „Poly, sag mir doch, wie geht es dir?"

Die Frage verwirrte mich. Noch nie hatte mich jemand danach gefragt, wie es mir ging. Ich sagte nichts. Wie ging es mir? Ich konnte es nicht beschreiben.

„Vermisst du Carrie?" Die zweite Frage des Koffers ließ mich zusammenzucken. Wie kam er denn darauf? Im Dunkeln konnte ich den Koffer kaum erkennen.

Die Sporttasche neben mir lachte leise. „Was wird das jetzt hier? Eine psychologische Beratungsstunde? Fang nicht schon wieder damit an, anderen zu helfen, alter Koffer!"

Der Koffer knarrte laut mit seinem Leder. „Poly, lass mich etwas erklären: Selbst wenn du jetzt hier im Dunkeln sitzt, es wird wieder ein Tag kommen, wo du gebraucht wirst. Wo du das Tageslicht sehen wirst. Wir alle haben diese Phasen. Wir können nicht ständig und immer gebraucht werden." Ich lauschte seinen Worten und dachte nichts.

„Hey, Koffer. Darf ich was dazu sagen?" Die Sporttasche klang aufgebracht. „Mach ihm keine falschen Hoffnungen. Du weißt genauso gut wie ich, dass wir hier theoretisch Jahre hocken können."

28

„Nein", der Koffer sprach bestimmt. „Timo ist hier auf Auslandssemester, er wird in wenigen Monaten zurück nach Hause reisen. Und wir kommen wieder mit."

Die Sporttasche seufzte. „Du bist so positiv, das ist schon wieder ekelhaft."

„Das Leben hat mich gelehrt, positiv zu denken. Nur so kann man alle Hindernisse überwinden", entgegnete der Koffer selbstbewusst.

03.06.2298

Mit einem Mal vibrierten unsere Displays und wir unterbrachen alle unsere Arbeit. Es war schon bald Mittagszeit und die Sonne brannte vom Himmel. Der Asteroid war noch nicht zu sehen.

Ich nahm einen Schluck Wasser aus meiner Trinkblase, die in der Anzughaut eingenäht war und kniff die Augen zusammen, um sehen zu können, welche Nachricht wir bekommen hatten.

„Liebe Mitbürgerinnen und Mitbürger, wir haben einen verdächtigen Fund! Stellen Sie vorerst Ihre Arbeit ein und warten Sie auf weitere Anweisungen."

Eine Live-Schaltung öffnete sich: Mehrere Menschen hatten sich um eine Tüte versammelt, sie befanden sich an einem zerfallenen Hafen irgendeines Ortes. Im Hintergrund waren die hohen Schutzwälle einer Stadt zu sehen, die dem steigenden Meeresspiegel standhalten sollten. Schaum tanzte auf den Wellen und die Menschen angelten mit Keschern nach dem Müll, der darin herumplantschte. Eine Tüte hatte man auf dem Betonboden des Hafens ausgebreitet, eine sehr mitgenommene Tüte.

Jin eilte zu mir und rief: „Sie haben sie gefunden! Endlich! Wir können aufhören zu arbeiten!" Mit zweifelndem Gesicht schaute ich auf das Foto, nachdem wir alle arbeiteten und die Tüte suchen sollten. Das war nicht die Tüte, ganz bestimmt nicht. Warum sollten sie sie ausgerechnet heute finden, am Tag des Asteroiden? Es wäre ein zu großer Zufall. Die Kollegen am anderen Ufer hatten ebenfalls alle die Arbeit unterbrochen und setzten sich in den Schatten von zwei alten abgewrackten Werbetafeln. Jin und ich steuerten auf sie zu.

„Jungs, kaum zu glauben, oder?", rief einer von ihnen. „Soll die ganze Suche endlich ein Ende haben!"

Jin nickte eifrig und meinte: „Es wäre doch so wichtig, wenn sie endlich dieses Medikament machen können."

Er setzte sich zu den anderen. Ich blieb in der Sonne stehen und betrachtete die Müllberge vor uns. Als wenn sie die Tüte gefunden hatten. Es gab zu viele davon. Diese Tüte hatte zu einem Supermarkt gehört, damals, es gab Milliarden von ihnen, von diesen gelben Tüten. Und wer garantierte, dass die Tüte auf unserem Kontinent geblieben war? Sie war vielleicht in eine Meeresströmung geraten und in den Ozean getrieben. Weit ab und weg, hin zu den anderen Kontinenten. Hin zum Verbotenen Kontinent, dem ehemaligen Afrika, wo die Menschen zu Millionen ausharrten und keinen Zugang zu unserem Leben hatten. Sie wurden bewacht, damit sie den Kontinent nicht verlassen konnten. Oder die Tüte war schon längst am dritten und letzten bewohnten Kontinent angelangt,

30

der Originale, der ehemalige amerikanische Kontinent. Dort gab es nur noch wenige Menschen, die sich vor Überflutungen und Dürren hatten retten können. Auf diesem zerlöcherten Kontinent, auf dem man so gut wie jeden Flecken mit Fracking verseucht hatte.

Niemand wusste wirklich, welchen Weg die Tüte genommen hatte, aber unsere Regierung war besessen und wir mussten mitmachen. Wir wussten nur, dass Luna ihr Notizbuch in eben dieser Tüte verloren hatte (alles erzählt von diesem Vertrauten, der sich einfach so in der Öffentlichkeit aufgespielt hatte). Alles andere waren Fragezeichen. Aber was tut man nicht alles, um die Menschheit zu retten.

20.06.2018

Die Zeit verging. Irgendwie. Es schien mir, als würden die Sekunden in dem Loch in meiner Haut verschlungen werden, Stück für Stück. Es gab lange Phasen des Schweigens. Der Koffer hatte anfangs versucht, mit mir Gespräche zu führen, doch ich war zu geschockt von der neuen Situation. Es war mir unbegreiflich, wie die Menschen uns benutzten. Es ergab einfach keinen Sinn. Nichts ergab Sinn.

Timo hatte ein buntes Leben. Wir hörten es. Wir hörten seine Freunde, die ihn abends mal besuchten und wie sie zusammen Alkohol tranken. Und laute Musik dazu lief. Wir hörten die leeren Flaschen unterm Bett streiten, weil sie kaum noch Platz zum Liegen hatten.

Die blaue Tüte hörte ich nicht. Das Badezimmer war zu weit entfernt.

Der Koffer versuchte dann irgendwann, an mir die psychologischen Methoden auszuprobieren, die er sich Timos Vater abgeguckt hatte. Er wollte von mir vergangene Konflikte aufarbeiten und auf den Kern meiner Angst kommen.

„Poly, lass uns an deinen Ängsten arbeiten. Nichts behindert einen so sehr wie Ängste. Angst ist etwas Normales, aber man kann damit arbeiten. Man muss sie attackieren und überwinden", meinte der Koffer. Er meinte es ja gut, aber ich wusste doch gar nicht, was ich ihm erzählen sollte. Die ganze Situation ließ mich nicht klar denken.

„Was soll ich denn aus meiner Vergangenheit sagen? Ich habe nichts erlebt. Ich komme aus einem Supermarkt", meinte ich schließlich und meine Stimme war dünn und brüchig. Und so fühlten sich auch meine Fasern an.

„Jeder hat eine Vergangenheit. Jeder hat etwas zu erzählen", antwortete der Koffer.

„Ich habe nichts zu sagen", meinte ich und der Koffer gab auf.

Auf Veränderungen kann man sich meistens nicht vorbereiten, das war etwas, was ich mehrmals schon erfahren hatte. Und so war es dann auch wieder. Eines Tages brach Timo zu einem Ausflug auf – und er brauchte mich! Ja, tatsächlich mich. Nicht den Koffer, nicht die Sporttasche. Er öffnete den Schrank, schnappte mich und stopfte Badelatschen und einen Ball in mich hinein.

32

Während er dies tat, rief der Koffer: „Poly, pass auf dich auf. Es geht auf einen Ausflug. Komm gut wieder zurück hierher."

Die Sporttasche murmelte: „Guck, dass du abhauen kannst. Würde ich mal sagen."

Ich konnte nur ein „Ja, geht klar" hervorstoßen.

Und dann steckte Timo uns in seinen Rucksack. Mit dem hatte ich bislang kaum Kontakt gehabt, denn er war ein ständiger Begleiter von Timo und deshalb auch nicht im Schrank. Er war sozusagen ein Freund von Timo, wenn man es mal so sehen konnte. Und er war deshalb auch ziemlich eingebildet, er brummte unwillig, als ich mich in ihm wiederfand.

„Mach' bloß keinen Dreck, ja?", fuhr er mich an, als wir auf Timos Rücken das Zimmer verließen.

Ich bekam dann nicht mehr viel mit, es gab nur viel Bewegung, weil Timo lief und dann wieder saß, ich konnte nichts sehen und war angewiesen auf den Rucksack, der mir aber nicht erzählte, was da abging. Schließlich wurde es gleißend hell, Timo hatte den Rucksack geöffnet und er zog mich heraus. Ich blickte um mich. Die Sonne stach auf mich hinab, ein glimmendes Licht traf mich. Der Wind fuhr mir über die Haut. Unter mir spürte ich ein unbekanntes Material. Ich lag auf feinen Körnchen. Kurz erhaschte ich einen Blick nach vorne zum Horizont. Eine riesige Wassermenge war da, sie schlug Wellen und war tosend laut. Ich hielt den Atem an. Das Meer!

Timos Koffer hatte mir vom Meer erzählt, von den Küsten Englands, von der Schönheit der Natur. Ich konnte kaum fassen, dass es mir vergönnt war, das Meer zu sehen. Kaum bekam ich mit, wie Timo und sein Freund, der mit ihm gekommen war, sich am Strand gemütlich ausbreiteten und schließ-

33

lich die Schuhe auszogen. Timo fasste nach mir, zog die Badelatschen heraus und auch der Ball rollte aus mir heraus.

Da ergriff der Wind meine dünne Haut, es war, als würde er kräftig durch das Loch pfeifen und erhob mich in die Luft. Ich schrie auf. Timos Arm sprang nach oben, er wollte mich fangen. Doch der Wind war schneller und stärker. Er ließ mich nicht mehr los. In großen Wirbelstößen trug er mich in die Höhe, mir wurde schwindelig. Die Welt wurde kleiner, ich sah Timo und seinen Freund am Boden sitzen wie kleine Punkte. Ich sah andere Menschen, die im Meer badeten, ich sah Häuser hinter uns.

„Lass mich los!", schrie ich den Wind an. Wo wollte er mich denn hintragen? „Ich will zurück!"

Doch der Wind hörte mich nicht. Mit entschlossenem Willen stieß er mich weiter weg von Timo, immer weiter, entlang des Wassers. Er ließ mich wieder etwas tiefer sinken, ich spürte auf einmal das Spritzen des Wassers, Tropfen benetzten meine Haut. Und dann erblickte ich im letzten Moment einen hölzernen Weg, der im Wasser aufragte. Ich hatte keine Chance, auszuweichen. Mit voller Wucht rammte ich einen Pfosten und klatsche wie ein nasses Tuch auf den Weg.

Still und voller Schmerzen blieb ich liegen. Der Wind war weg. Er ließ mich in Ruhe.

Ich hob den Blick. Meine Fasern waren intakt. Das Loch war nicht größer geworden. Ich lebte noch. Neben mir erblickte ich einen langhaarigen Typen, der eine Zigarette rauchte und auf dem Weg mit baumelnden Beinen saß. Er betrachtete mich erstaunt und bevor ich weiter denken konnte, streckte er eine Hand nach mir aus, nahm mich vorsichtig hoch und meinte: „Schon wieder so eine Tüte."

34

03.06.2298

Minutenlang starrten wir alle auf unsere Displays und verfolgten die Live-Schaltung, sahen, wie die Menschen die Tüte vorsichtig öffneten und Müll aus ihr herauszogen. Es war ein unerklärliches Durcheinander, ein Haufen Müll einfach. Komplett durchnässt, nichts Brauchbares. Kein Notizbuch.

„Es handelt sich nicht um die gesuchte Tüte!", vermeldeten unsere Displays und es erschien die sofortige Anweisung, wieder an die Arbeit zu gehen. Es wäre ja auch zu schön gewesen!

Schweigend arbeiteten Jin und ich in unserem Müll. Ich entdeckte alte Schuhe, einen Laptop und die Tür eines Kühlschranks. Die Überbleibsel von irgendwem, irgendeiner Person.

Unsere Displays signalisierten uns den Beginn der Mittagspause und wir packten die Portionen aus, die wir von Julie bekommen hatten. Mal wieder Haferbrei. Den gab es jeden zweiten Tag. Die Versorgung der Menschen, die draußen arbeiteten, lief auf dem gerade notwendigen Niveau.

Ich setzte mich zu den anderen in den Schatten der alten Werbetafeln und aß vom Haferbrei einen Löffel voll. Das „Draußen" hatte im Hier und Heute eine andere Bedeutung erhalten: Es war lästig, mühsam und auch gefährlich, draußen zu sein. Die klimatischen Bedingungen waren einfach nicht mehr menschenfreundlich, wir schwitzten zu viel und der Kreislauf hatte zu kämpfen, das Sonnenlicht war viel zu stark für unsere Haut, unseren Organismus.

Ebenso war die Feinstaubbelastung enorm, da es nicht mehr regnete. Ab und zu ließen sie Flugzeuge Wasser ausbringen, aber nicht für die Natur, sondern, damit die Luft etwas gereinigt wurde. Zur Reduzierung des CO_2-Gehalts in der Atmosphäre hockten große Abscheidemaschinen überall auf dem Planeten, doch es gab eindeutig zu wenig davon.

Jin hatte sein Mittagessen im Nu aufgefuttert und starrte dann auf sein Display. Das Mittagsprogramm lief ab: Zur Beruhigung der angespannten Nerven tauchten wir normalerweise in die Online-Welt ab. Jin schaute sich jeden Mittag eine Serie an, in der es um fiktive Menschen auf einem anderen Planeten ging. Man konnte zwischen vielen Videos wählen, ebenso Musik. Auch die anderen Kollegen hingen hypnotisch an ihren Displays und ich atmete tief durch. Nichts in der Welt würde mich dazu bringen, dieser Sucht genauso zu verfallen. Ich hatte es jahrelang mit angesehen, wie meine Eltern sich nur mit ihren Endgeräten unterhalten hatten und kaum miteinander beziehungsweise mit mir. Ich war davon echt geschädigt, denn ich hatte ziemlich spät das Sprechen gelernt und in meinem Leben noch nie ein Buch in den Händen gehalten oder einen Stift zum Schreiben. Die Elite hatte das noch: Bücher. Sie kultivierten alte Bräuche aus der Vergangenheit der Menschheit und dazu gehörte das Lesen aus Büchern.

Mir bleibt nur mein eigenes Gehirn, dachte ich mürrisch und schloss die Augen, während ich im Schneidersitz saß. Mein Magen rumorte und verlangte nach mehr. Im Rücken spürte ich ein Ziehen im unteren Bereich. Das kam vom vielen Bücken.

36

Es bringt nichts, Ronan. Du wirst dein Leben lang in diesem Müll suchen und auf den Asteroiden warten.

Irgendwann in 2018

Nico, mein Retter in der Not, wurde mein neuer Gastgeber. Oder wie kann man das bezeichnen, wenn ein Mensch eine Tüte mitnimmt und sie in seinem Laden als tägliches Transportmittel nutzt?

Nico war ein cooler Typ, er hatte einen Sportverleih direkt am Meer, eine hölzerne Hütte mit jeder Menge Sportgeräten. Es gab Boote, Paddel, Surfbretter und was weiß ich.

Mit Nico ging ich täglich zum Meer hinunter, es waren nur wenige Meter. Und es war vielleicht für andere erniedrigend, aber für mich eine Ehre: Nico sammelte andere Verpackungen auf, Flaschen, Dosen, Tüten wie mich, verlorene Gegenstände wie Uhren, Socken oder Spielzeug. Und er säuberte damit seinen Strandabschnitt. Denn das war das, wo ich jetzt lebte: an einem Strand am Meer.

Nico war einfach: er rauchte zwar ab und zu eine Zigarette, aber sonst war er bescheiden und aß wenig, machte viel Yoga im Morgenlicht und spielte abends auf der Gitarre. Ein Mensch nach meinem Geschmack. Er sortierte die aufgelesenen Verpackungen und das ganze andere Zeugs und beförderte sie in die großen Behälter am Strand. Manche Dinge behielt er und reparierte sie oder verwendete sie für etwas. Ich war so auch nie alleine, es kamen jeden Tag neue Verpackungen, mit denen ich sprechen konnte. Sie erzählten, oft traumatisiert, von der langen Reise, die das Meer ihnen beschert hatte. Die meisten reisten übers Meer, wurden angespült. Oder wurden vergessen von den Leuten am Strand.

Die Tage vergingen, ich nahm alles auf, was ich hörte, was ich sah. Ich merkte nicht, wie schnell das Leben lief. Es vergingen Jahre, Nico behielt mich aber. Er schien kein Problem damit zu haben, dass ich ein Loch hatte. Im Gegenteil, es passierte sogar, dass ich schon mal einen weiteren Stoß abbekam, ich transportierte ja allerlei und darunter befanden sich auch schon mal schärfere Materialien wie Eisen oder Aluminium.

Das Wetter war stets gut, hier am Meer konnte man zwar immer mit Wind rechnen, aber die Sonne schien oft und ich hatte das Gefühl, dass die salzige Luft mich entspannen ließ. Ich vergaß die schlechten Momente aus dem Supermarkt und bei Timo. Ich konzentrierte mich auf die anderen um mich herum, die nach Bezeichnung der Menschen Müll waren. Ihre Geschichten speicherte ich ab, ich wollte sie nicht vergessen. Es waren spannende Geschichten. Von einer einstigen schönen Weinflasche, die in Spanien abgefüllt worden war und dann bei einem Dinner am Strand liegen geblieben war. Von einer einstigen schicken Handtasche, die nun nass und triefend am Strand lag und von einem Leben in New York berichten konnten. Von einer Sporttasche, die angeblich einem berühmten Fußballer in Russland gehört hatte, der in Portugal am Strand Urlaub gemacht hatte.

Und ich muss zugeben, dass ich bei blauen Tüten sofort innehielt und genauer hinsah. Für den Fall, dass es doch Carrie sein konnte. Aber sie war sicherlich noch bei Timo. Mit der Zeit war er bestimmt wieder nach Hause abgereist und

38

dazu hatte er Carrie mitgenommen. Das war mir klar, doch ich dachte öfter an sie. Wo sie wohl hinreiste?

03.06.2298

Ich wurde aus meinen Gedanken gerissen, als unsere Displays piepten und das Ende der Mittagspause damit angezeigt wurde.

Jins Augen lösten sich von seiner Serie und er seufzte. „Ach, ja, wenn wir doch nur einen anderen Planeten hätten, auf dem alles in Ordnung wäre!"

Ich sah ihn an. „Na, das hätten die Leute sich früher überlegen sollen."

Mit einem Ächzen erhob ich mich und stapfte ins Flussbett. Ich stellte mir gerne vor, wie hier früher das Wasser durchgeströmt war, wie es an Steinen spritzend emporgeschossen war und in ihm Fische und andere Tiere gelebt hatten. Doch ich hatte in meinem Leben kein natürliches Wasser „draußen" gesehen. Ich kannte es nur aus Videos.

„Hey, Leute, am Horizont sind Wolken!", rief einer der Kollegen hinter uns.

Wir sahen vom Müll hoch. Tatsächlich, am Horizont waren auf einmal einige Wolkengebilde zu sehen; in diesem Jahr hatte es noch keinen Tag gegeben, an dem eine Wolke den Himmel verdunkelt hätte. Bevor noch irgendeiner das weiter kommentieren konnte, vibrierten unsere Displays und eine eindringliche Stimme ertönte:

„Liebe Mitbürgerinnen und Mitbürger, lassen Sie Ihre Arbeit ruhen, was auch immer Sie gerade tun. Wir schalten live in die Regierungszentrale. Es gibt veränderte Signale aus dem Weltall!"

Jin fuchtelte mit seinem Finger vor meinem Gesicht herum. „Ich sag's dir, der Asteroid kommt doch!", schrie er schrill und er sprang aus dem Müllhaufen, in dem er gerade noch gestanden hatte.

„Reg' dich nicht auf, es wird nur ein Fake sein", meinte ich betont gelassen. Diese veränderten Signale aus dem Weltall kamen wahrscheinlich aus dem besessenen Gehirn von Luca, der sicherlich an Wahnvorstellungen litt. Aber wie aus Reflex schaute auch ich zum Himmel. Bis auf die Wolken dahinten war es blau. Nichts zu sehen.

Wir hockten uns mal wieder in den Schatten der Werbetafeln und hingen mit den Augen an unseren Displays. Es wurde tatsächlich live in die Regierungszentrale geschaltet, Luca saß an seinem Rednerpult, neben ihm sein Sprecher Jeremy. Beide mit weißen Gesichtern, ernst und ohne Regung.

Jeremy sagte in sein Mikrofon: „Liebe Mitbürgerinnen und Mitbürger, Sie wissen alle, heute ist der Tag, an dem unser Planet, unsere geliebte Erde, vom Asteroiden 666 getroffen werden soll. Unsere Wissenschaftler sind Tag und Nacht auf den Beinen und beobachten den Weltraum. Seit einigen Minuten, seit genau 12:46 Uhr, empfangen sie gestörte Signale unserer Sonden aus dem All. Enorme Signalwellen sind das. Wir müssen annehmen, dass der Asteroid 666 tatsächlich kommt. Heute." Bedeutendes Schweigen.

Dann nahm Luca das Wort auf. „Verehrte Mitbürgerinnen und Mitbürger. Wir wissen alle, was auf dem Spiel steht. Unsere Existenz, unser einziger Planet. Wir haben uns lange

40

darauf vorbereitet, es befinden sich schon einige von uns im All. Auch diese beobachten den Weltraum für uns, sie bestätigen diese Signalwellen. Es ist an der Zeit, sich für den Angriff vorzubereiten."

Luca und Jeremy schwiegen.

Ich sah aus dem Augenwinkel, wie Jin seinen Oberkörper umklammerte und anfing zu zittern.

Jetzt verlor der auch noch seine Nerven! Ich stand auf, trat zu ihm und legte die Hand auf seine Schulter. Das war verboten in heutigen Tagen. Die Gefahr, dass einer von uns im Müll auf Krankheitserreger, Gift oder Ähnliches stieß, war hoch und mit unseren Handschuhen sollten wir niemanden anfassen, erst Recht keinen Schutzanzug. Nicht zuletzt aber auch deshalb, weil sich in unserer Gesellschaft eine Angst vor Krankheiten etabliert hatte, die Berührungen und enges Beisammenstehen von Leuten außerhalb der eigenen Familie nicht mehr tolerierte. Es war unhöflich, jemandem zu nahe zu kommen.

„Jin", meinte ich ruhig. „Atme tief durch."

Jin ließ seinen Oberkörper wieder los, sah auf den Display in seinem Arm. „Wir müssen zuhören", flüsterte er.

Ich seufzte und schaute ebenfalls wieder auf die Live-Übertragung der Regierung.

Jeremy räusperte sich. „Die Regierung sieht sich gezwungen, mit einer Auswahl an Mitbürgerinnen und Mitbürgern, die für die Sicherheit der Regierung sorgen können, diesen Planeten zu verlassen, um dem Asteroiden 666 zuvor zu kommen. Unser Auftrag ist und bleibt die Erhaltung unserer Art und wir müssen sicher sein, dass die Regierung weiter regierungsfähig bleibt. Unsere Rakete wird bereits vorbereitet. Wir werden in Kürze starten."

Mir fiel fast die Kinnlade herunter. Was sagte dieser Typ? Sie würden den Planeten verlassen?

Ein Kollege sprang auf. „Habt ihr das gerade auch so verstanden? Die hauen ab?", rief er entrüstet.

Ich nickte langsam und ließ die Augen nicht vom Display.

„Wir haben nicht mehr viel Zeit, um die Menschheit zu retten. Deshalb werden wir ins All fliegen, diesen Planeten von dort aus regieren und wenn möglich, den Asteroiden 666 mit unseren Waffen zurückschlagen. Angreifen." Jeremy klang wie ein Lehrer. „Sie, liebe Mitbürgerinnen und Mitbürger, werden in die vorgesehenen Bunker gehen. Wie es alles schon erprobt wurde. Wir bitten um sofortiges Verlassen Ihres Arbeitsplatzes, wo auch immer Sie sich aufhalten. Verlassen Sie Ihre Wohnung, gehen Sie in den Ihnen zugewiesenen Bunker. Die Suche nach der einen Plastiktüte ist hiermit gestoppt und hat keine Priorität mehr. Wir müssen unsere Art erhalten, das ist jetzt die Devise. Wir halten Sie auf dem Laufenden."

Und dann wurde die Live-Schaltung abgebrochen. Ein graues Flimmern war zu sehen, dann eine Werbung für Beruhigungsmittel.

42

Irgendwann in 2031

Nicos Laden lief gut über die Jahre. Er war zufrieden, auch wenn er nicht viel Geld zu verdienen schien. Wir lebten in den Tag hinein und ich diskutierte mit den Zigarettenverpackungen, die in dem Laden auf dem Tresen lagen oder versuchte, von den Bierflaschen unterm Tisch zu erfahren, wie Bier hergestellt wurde.

Mit der Zeit hatte Nico eine treue Freundin gefunden, Marta, die sich ebenfalls für die Umwelt engagierte und als Biologin in einem Labor arbeitete. Sie begleitete ihn an den Wochenenden am Strand und sie sammelten fleißig die Verpackungen und alles andere auf. Unermüdlich. Doch es war immer mehr, was sie aufsammeln mussten. Es gab einfach immer mehr, was weggeworfen oder angespült wurde. Ich merkte es vor allem daran, dass ich nicht mehr ausreichte, sondern Nico und Marta mittlerweile mehrere Tragetaschen benutzten, um alles einzusammeln. Meine Aufgabe war es jetzt, im Laden zu warten und ab und zu wurden mit mir die Bierflaschen zum Glascontainer getragen.

Nico und Marta schienen sich große Sorgen zu machen, denn sie redeten oft über Klimawandel und Umweltschutz. Über Regierungen, Krankheiten, Flüchtlingskrisen und Naturkatastrophen.

Ein weitgereister Benzinkanister aus Asien, der vorm Laden als Blumentopf diente, berichtete mir, dass auf der Erde einige Inseln bedroht waren und die Bewohner vor dem steigenden Meeresspiegel fliehen mussten.

„Auf der Erde wird es immer enger", sagte er und seufzte. „Die Menschen kapieren einfach nicht, dass diese Welt anders funktioniert als sie wollen. Die Natur ist stärker."

Der Kanister hatte Armut in China gesehen. Er hatte hart arbeitende Feldarbeiter gesehen. Er hatte die Touristen in Großstädten gesehen. Und er war davon geschockt.

„Sie denken, dass sie ewig so leben können. Sie reißen alle Schätze an sich, sie verpesten die Luft, sie fressen alles, was sie sehen und dann haben sie uns. Wir sind einfach da und können funktionieren, für eine Weile. Dann sind wir wertlos."

Darauf konnte ich nichts erwidern. Ich hatte bislang nur wenig von der Welt gesehen.

„Poly, du kannst froh sein, dass du hier bist und noch nicht im Meer warst. Es ist schrecklich kalt und manchmal schwimmt man tagelang alleine darum. Bis man dann auf diese Inseln trifft, diese Müllinseln." Gedankenverloren starrte der Kanister auf das Meer am Strand.

„Müllinseln?", wiederholte ich und auch die Zigarettenschachteln horchten auf.

„Noch nie davon gehört", sagte eine von ihnen.

„Die Meeresströmungen bringen an bestimmten Orten im Meer all das weggeworfene Zeug zusammen, sodass es aneinander hängen bleibt. Sie bilden neue Inseln, wisst ihr...", erklärte der Kanister. „Ich habe andere Verpackungen getroffen, die nur davon gesprochen haben, die unbedingt zu diesen Inseln schwimmen wollten. Damit sie nicht mehr alleine sind und endlich in Sicherheit sind."

44

„Warum sind sie dort in Sicherheit?", wollte eine andere Zigarettenschachtel wissen.

„Na, weil es für die Menschen unerreichbar ist und außerdem wollen die Menschen nicht zu den Müllinseln – es macht für sie keinen Sinn. Es ist ihnen egal und sie lassen uns dort endlich in Ruhe. Sie haben andere Dinge zu tun. Eine Insel ist angeblich so groß wie Europa. Oder noch mehr." Der Kanister war von der Aufmerksamkeit ganz verwirrt, die wir seinen Worten schenkten.

Müllinseln, auf denen wir in Sicherheit waren? Konnte das sein? Es wäre zu schön! Kein Stress mehr, kein Gerenne mit den Menschen von A nach B. Keine weiteren Löcher oder Verletzungen.

Ich begann, von diesen Inseln zu träumen. Nachts stellte ich mir vor, wie ich einfach ins Meer geweht werden würde und mich mutig in die Wellen warf. Und mich dann von den Strömungen erfassen ließ und auf das weite Meer treiben würde. Aber dann ließ mich diese Vorstellung auch gleichzeitig unruhig werden. Allein im Meer zu sein – konnte das gelingen? Würde ich diese Inseln finden? Doch der Kanister hatte in mir neue Gedanken entfacht, die mich nicht mehr losließen. Konnte ich mich aus der Gefangenschaft der Menschen befreien? Nico war zwar ein netter Mensch und ich war begeistert von seiner Freundschaft zu uns, doch wie lange würde das anhalten?

45

03.06.2298

Für einige Augenblicke herrschte ein entsetztes Schweigen zwischen den Kollegen und mir. Wir sahen uns wortlos an. Dann hievte sich Jin an der Werbetafel hoch und meinte mit hysterischer Stimme:

„Los, wir müssen gehen, in unseren Bunker!" Er machte die ersten Schritte in Richtung Stadt.

Die Kollegen waren unschlüssig.

„Leute, das ist unfassbar. Sie lassen uns im Stich!", rief einer.

„Was bleibt uns übrig?", meinte ein anderer. „Wir können nicht hier draußen bleiben."

„Und warum nicht?", fragte ich aufmüpfig. „Wenn der Asteroid kommen sollte, was ich absolut nicht glaube, dann ist es doch fatal, unter der Erde zu sitzen! Das wird alles einstürzen! Niemand kann uns garantieren, dass wir in einem Bunker in Sicherheit sind." Und ich lehnte mich demonstrativ an eine Werbetafel.

„Ich bleibe hier", verkündete ich gelassen.

Die anderen blickten mich unschlüssig und ängstlich an.

„Aber sie werden dich orten, deinen ID-Chip, sie werden dich einsammeln", gab einer zu bedenken.

Ich zuckte die Schultern und schaute in den Himmel. „Hey, Asteroid 666, ich warte auf dich! Zeig' dich, schau mir in die Augen!"

Jin starrte mich fassungslos an.

„Okay, wie du meinst", sagte einer. „Wir gehen dann mal."

Und dann gingen sie tatsächlich, alle. Jin mit ihnen. Er schaute sich mehrmals zu mir um. Ich grüßte mit dem Victory-Zeichen.

Als sie außer Sichtweite waren, erfasste mich ein Gefühl der unbekannten Freiheit. Es war unglaublich, zum ersten Mal war ich in diesem alten Flussbett alleine – mit dem Müll natürlich, klar. Doch ich atmete auf. Es tat unfassbar gut, hier zu sein, einfach etwas anderes zu tun als von mir erwartet wurde. Langsam tappte ich durch den trockenen Sand unter meinen Füßen, ging durch das Flussbett weg von der Stadt, in die Richtung, in die wir uns eigentlich durch den Müll noch vorarbeiten mussten.

Wenn ich jetzt so durch dieses Flussbett ging, ohne den Druck zu haben, den Müll zu sortieren, so erfasste mich auch gleichzeitig ein großer Ekel. Dieser Müll hier war nicht mit anzusehen. Einige Zeit stand ich so da, nahm alles in mir auf, registrierte nur. Wie hässlich, wie stinkend, wie verachtend gegenüber allem Leben.

Ich fragte mich, ob es noch ein anderes Lebewesen als den Menschen gegeben hatte, das Müll produziert hatte. Vielleicht waren wir es gar nicht alles alleine gewesen? Wie sonst konnte es überall Müll geben?

Da fing mein Display an wie wild zu piepen.

„Begeben Sie sich in Ihren Schutzbunker!", ertönte eine mechanische Stimme.

Sie kontrollierten die Bewegungen der Menschen. Ich versuchte, die Meldung wegzuwischen, doch sie blinkte ständig auf.

47

Genervt lief ich weiter, immer weiter weg von der Stadt. Ich wollte wissen, wie das Flussbett weiter ging. Das Piepen wurde stärker und es dröhnte durch die Stille in der sandigen Einöde. Ein paar dünne verkokelte Sträucher tauchten am ehemaligen Ufer auf, dickfleischige Kakteen hatten sich ebenfalls breitgemacht.

„Begeben Sie sich in Ihren Schutzbunker!", wiederholte die Stimme.

„Nur mit Luca und Jeremy persönlich!", erwiderte ich und stapfte weiter. Ich wollte endlich einmal draußen sein, ohne von irgendeinem Befehl gesteuert zu sein. Sollten sie mich fangen, sollten sie machen, was sie wollten. Wenn sich denn einer hier heraus traute.

Die Elite hatte eine Art von Armee, die die klimatisierten Gebäude bewachte und natürlich auch den Regierungskomplex. Es konnte natürlich passieren, dass sie die jetzt rausschicken würden, um Abtrünnige einzusammeln.

Ich fing an zu singen, um das Gepiepe zu übertönen. Es gelang mir nicht. Schließlich kniete ich mich wütend auf den Boden und schlug den Arm mit dem eingebauten Display in den Sand.

„Hör! Endlich! Auf!", brüllte ich und rieb dann mit einem Stein darüber, zerkratzte das Teil. Ich verlor fast das Gleichgewicht dabei, stützte mich ab und das Piepen hörte erstaunlicherweise auf. Der Anzug war leicht angerissen, aber noch nicht kaputt. Ich beäugte den Display, der eine dicke Schramme hatte. Das wäre geschafft.

Ich schaute auf, nahm meine Hände vom Boden und sah eine Tüte in einem vertrockneten Busch neben mir liegen. Aus Gewohnheit überprüfte mein Gehirn das Aussehen.

48

Blassgelb. Rote Schrift, fast abgeblättert. Sehr mitgenommen. Ich stutzte.

Und blickte um mich. Ich war alleine.

18.07.2034

Es lag nicht an Nico, dass unsere Freundschaft beendet wurde. Es waren andere Menschen.

In einer windigen Nacht, in der kein Mensch am Strand war und nur wir alten Verpackungen im Laden hockten und die Boote um uns lagen und ansonsten alles still war, gelangten plötzlich zwei Jugendliche durch den Eingang. Sie waren mit dicken Mützen ausgestattet und durchleuchteten mit ihren Lampen den ganzen Laden.

„Ach, je!", rief der Kanister und die Zigarettenschachteln bemerkten tonlos: „Einbrecher."

Und schon hatten die Jungen das gefunden, was sie suchten, nämlich die Kasse. Nico aber war nicht so dumm, um dort viel Geld zu lassen, das wussten wir. Sie durchsuchten alles enttäuscht und wussten nicht, was sie davon halten sollten. Schließlich erblickten sie den Alkohol unter der Ladentheke. Würden sie etwa den Alkohol stehlen wollen?

Ehe ich mich noch weiter wundern konnte, hatte einer der beiden mich aus der Ecke neben dem Mülleimer gerissen und ein paar volle Bier- und Weinflaschen dort hineingestopft.

„Hey!", schrie ich auf und alles war voll wach.

„Oh, nein!", kreischten die Zigarettenschachteln und der Kanister stöhnte auf. „Das darf doch nicht wahr sein."

Leider war es mir nicht weiter vergönnt, noch irgendetwas zu sagen, denn die beiden Jungen waren schon nach draußen gerannt und ich hing mit ziemlich vollen Flaschen in der Hand des einen. Jetzt ging das wieder los! Die Ruhe war vorbei. Eine neue Reise begann. Mit großer Angst stellte ich mir vor, was sie mit mir machen würden, wenn sie die Flaschen ausgetrunken hatten.

Die Jungen wohnten in einer größeren Stadt, sie fuhren dort mit ihren Mofas hin. Ich hing bei dem einen hinten im Rucksack. Der Fahrtwind heulte um mich herum und die Flaschen klackerten nervös.

„Wo fahren wir hin?", fragten sie verängstigt.

In der Wohnung der Jungen wurde alles ausgepackt. Sie stopften die Flaschen unter ein Sofa in der Küche. Mich ließen sie daneben auf dem Boden liegen. Es war mitten in der Nacht. Sie gingen schlafen.

03.06.2298

Ich musste es überprüfen. Es konnte diese Tüte sein. Diese eine, die alle suchten. Mein Herz hämmerte mir bis in beide Ohren. Wollte ich überhaupt wissen, ob es diese Tüte war?

Die Verantwortung, die daraus entstehen könnte! Als wenn das die gesuchte Tüte war!

„Ach, Ronan! Jetzt stell dich nicht so an!", rief ich und griff nach der Tüte. Sie hatte wohl durch den Busch, der jetzt kein wirklicher Busch mehr war, einen gewissen Wetterschutz gehabt, denn sie war noch ziemlich gut erhalten. Vorsichtig lugte ich hinein, so vorsichtig, wie es ein geübter Müllgucker nur tun konnte.

Für ein paar Sekunden vergaß ich zu atmen. Es war ein Buch. Ganz sicher. Ein eher kleines. In dicken Stoff eingeschlagen. Mit zwei Fingern zog ich es heraus ins grelle Sonnenlicht. Ich starrte es an wie ein giftiges Insekt, das mich gleich anspringen würde. Vielleicht würde es das ja auch, es war möglicherweise verflucht oder was auch immer!

Ich blickte wieder um mich. Niemand zu sehen. Es schien mir so unglaublich leer, diese Einöde, dass ich dachte, ich wäre auf dem Mond oder einem anderen Planeten. Und erst recht in diesem astronautenähnlichen Anzug, den ich trug!

„Ronan, reiß dich zusammen und öffne jetzt dieses Buch", presste ich wütend zwischen meinen Lippen hervor.

Wovor hatte ich Angst?

51

Dass ich eine Rezeptur zur Rettung der Gesundheit aller Menschen finden würde? Dass ich dann ein Held sein würde?

Ach, was, das würde jetzt keinen mehr interessieren! Sie denken an den Asteroiden! An ihr eigenes kleines Leben!

Ich fingerte an dem alten Gummi, der das Buch verschloss und löste ihn. Mit meinen behandschuhten Fingern hob ich den Deckel und schlug ihn auf.

Es stand dort in schwach lesbarer Schrift geschrieben: Luna Fonseca. Mir wurde übel und ich setzte mich in den Sand.

All die Jahre, das ganze Suchen, wir alle zusammen. Auf diesem Kontinent. Und nun das, ich allein in dieser verlassenen Gegend mit diesem Notizbuch. Wer hatte sich das ausgedacht? Warum musste ich das finden?

Ich betrachtete diese erste Seite und konnte nichts mehr denken. Las immer wieder diesen Namen. Trank ein paar Schlucke Wasser aus meiner Anzughaut.

19.07.2034

Am Morgen wurde ich durch ein schnüffelndes Geräusch wach. Entsetzt zuckte ich zusammen. Ein riesiger brauner Hund mit langen Haaren untersuchte mich mit seiner Schnauze und leckte dabei leicht über meine Haut.

„Ihhh!", schrie ich. Da ließ er von mir ab und trottete aus der Küche.

Ich brauchte ein paar Momente, um mich orientieren zu können. Auf dem Küchenboden liefen rechts von mir ein paar Ameisen vorbei, ein Typ saß am Küchentisch und trank Kaffee. Es war einer von den Jungen. Sein Gesicht hing wie hypnotisiert vor seinem Handy und sein Rücken war rund.

„Guten Morgen", hörte ich da neben mir eine dünne Stimme. Ich erblickte einen Sack Kartoffeln, der auch unterm Sofa lag.

„Hallo", erwiderte ich verdutzt. Der Sack bestand aus feinem Plastik, es war so ein gewobenes Netz und er hatte in sich an die zwanzig Kartoffeln. Er war noch nicht geöffnet worden und die Kartoffeln zeigten bereits Alterungsspuren.

„Wo haben sie dich aufgegriffen?", fragte der Sack und hüstelte.

„Am Meer", meinte ich langsam. Das Erlebte schien auf einmal weit weg. Hatte es Nico wirklich gegeben? Und den Kanister aus Asien? Es kam mir vor wie ein schlechtes Märchen. Wie um alles in der Welt konnte ich so schnell aus diesem Paradies verschwinden?

„Sie haben mit mir Alkohol geklaut."

Der Sack brummte. „Das machen sie oft. Klauen. Sie haben kein Geld." In seiner Stimme lag Abfälligkeit. „Sie haben mich auch gestohlen und jetzt essen sie die Kartoffeln noch nicht mal. Guck dir die Kartoffeln an, sie sind schon alt. Wenn sie das bald merken, dann werden sie mich aufreißen und dann..." Er hielt inne und es war, als würde ihm seine Stimme versagen. „Dann bin ich Müll", fügte er hinzu.

Dieser Satz hing mehrere Stunden über uns. Wir sahen die Pfoten vom Hund am Sofa öfters vorbeigehen, die Ameisen arbeiteten fleißig an einem Stück Brot, das auf dem Boden lag und der Junge war aus der Wohnung verschwunden.

Ich dachte nach und betrachtete den Sack aus dem Augenwinkel. Sein Schicksal schien mir beängstigend. Er war eine Verpackung, eine einmalige. Wenn man ihn öffnen würde, war er nicht mehr zu gebrauchen. Da ging es mir ja noch vergleichsweise gut. Aber was war gut in dieser Welt, wo die Menschen Müll produzierten. Wer hatte sich das ausgedacht?

„Aber vielleicht werden sie mich auch vergessen. Sie trinken zu viel und sind andauernd draußen auf der Straße. Da isst man kaum Kartoffeln", meinte der Sack irgendwann.

Tagelang sprachen wir nicht. Uns beide einte das Schweigen und wir ließen die Zeit verrinnen.

Irgendwann hielt ich es aber nicht mehr aus. Meine Fasern juckten, ich wurde ungeduldig. Ich konnte nicht ewig hier liegen. Der Hund stank, ebenso die Kartoffeln, die Ameisen wurden immer mehr und die Jungen waren immer seltener in der Wohnung.

„Wo ist hier der Sinn?", fragte ich den Sack.

54

Der betrachtete mich nachdenklich. „Es gibt keinen Sinn, denke ich. Du bestehst aus einem künstlichen Material. Genau wie ich. Es ist nicht von der Natur geschaffen worden. Also kann es auch keinen Sinn haben. Polyethylen hat keinen Sinn auf dieser Welt. Die Kartoffeln haben Sinn, ja."

Seine Aussage ließ mich fassungslos in der Dämmerung unterm Sofa aussehen. Es war hart.

„Aber wir sind da. Wir dienen den Menschen", meinte ich dann leise.

Der Sack erwiderte nichts.

03.06.2298

Die Sonne schien mit ihren Strahlen nach den Seiten des Notizbuchs greifen und es direkt verbrennen zu wollen. So heiß war es.

Ich atmete tief durch, nahm das Notizbuch und die Tüte in die Hände, richtete mich auf und suchte mit den Augen die Gegend ab. Es gab kaum Schatten. Unter der Gruppe der Kakteen fand ich ein bisschen Schutz vor den Sonnenstrahlen, aber es war nur vorübergehend.

Mein Magen zog sich zusammen, als ich das Notizbuch wieder öffnete und es Blatt für Blatt umblätterte. War diese Rezeptur wirklich hier aufgeschrieben? Die Seiten klebten leicht aneinander, aber waren gut erhalten, es war noch das Meiste zu lesen – aber es war in einer Fremdsprache geschrieben, wohl in Lunas Muttersprache Portugiesisch! Mir brach der Schweiß aus. Was hatte ich erwartet? Wie sollte ich das verstehen? Jeder benutzte heute doch nur noch Englisch, ich konnte keine andere Sprache.

Immer schneller wendete ich die Seiten. Nach den Überschriften zu urteilen, die sich Luna dort gemacht hatte, ging es aber um economia und sociedade, also Wirtschaft und Gesellschaft. Da war kein Wort von Medizin oder so.

Sie hatte mehrmals seltsame Pyramiden aufgezeichnet, in denen etwas geschrieben stand. War sie in Ägypten gewesen? In mir regte sich Unmut.

Was hatte diese Luna da alles recherchiert? Ich kapierte kaum etwas. Sie hatte dieses Notizbuch mit 16 Jahren verloren, aber dieses Gekrakel hier sah aus wie von einer Wissenschaftlerin. Nun, sie war ja auch dann berühmt geworden. Irgendetwas musste sie ja auf dem Kasten gehabt haben, ihr Kopf war sicherlich mit 16 Jahren weiter gewesen als meiner jetzt.

Ziemlich in der Mitte des Buches fand ich ein paar Zeichnungen, sie hatte ein Tier mit langem Hals gemalt, darunter geschrieben „girafa". Ich musste grinsen. Vermutlich hätte ich es eher für eine Gans gehalten, wenn es nicht darunter gestanden hätte. Auf den folgenden Seiten gab es noch ein paar weitere Tiere – aber keine Pflanze. Mein Grinsen verging mir aber schnell. Mir wurde bewusst: diese Tiere gab es nicht mehr. Luna hatte es schon damals gewusst, dass der Klimawandel und die Gier der Menschen die Tierwelt weiter dezimieren würden. Ihre Zeichnungen schienen mir auf einmal wie Relikte aus einer Zeit vor Hunderten von Jahren. Höhlenmalereien oder so etwas.

Mitten in diesen Gedanken nahm ich ein fremdes Geräusch war. Ein Sirren von oben. Ich fuhr hoch und starrte in den Himmel. Eine Drohne! Sie war im Anflug auf mich, das war klar zu erkennen. Schnell schob ich das Notizbuch in die Tüte, wusste nicht, wohin damit, ich hatte ja nur den Schutzanzug, nichts zum Verstecken, keine Tasche. Kurzerhand zog ich den Reißverschluss über meiner Brust auf, stopfte die Tüte mitsamt dem Buch in meinen Anzug, schnell wieder zu, und richtete mich auf.

Am Horizont hatten die Wolken an Größe gewonnen, sie hatten sich zu echten Getürmen zusammengefunden. Und sie waren nur nicht mehr nur weiß, sondern sogar bedrohlich dunkelgrau. Das irritierte mich, hatte aber keine weitere Gelegenheit, darüber nachzudenken und starrte zur Drohne hoch. Sie blieb über mir stehen, vielleicht 50 Meter über mir.

„Begeben Sie sich in Ihren Schutzbunker!", hörte ich die mechanische Stimme, diesmal aus der Drohne.

Mein Mund war trocken, ich schwitzte stark, ich hatte das Gefühl, dass das Buch mir im Anzug auf den Magen drückte, denn es war nach unten gerutscht. Ohne die Drohne weiter zu beachten, ging ich ins Flussbett zurück.

Ich wusste nicht, wohin. Die Drohne wurde sicher ferngesteuert, irgendjemand beobachtete mich durch die Kamera. Sie würden nicht locker lassen. Sie würden mich jagen.

25.07.2034

Irgendwann fing ich an, dem Kartoffelsack von den Geschichten der anderen Verpackungen zu erzählen, die ich am Strand bei Nico aufgesogen hatte. Ich wollte damit auch verhindern, dass ich sie vergaß. Er gab zunächst keine Reaktion von sich, aber als ich von der Handtasche aus New York berichtete, wurde er ganz nervös.

„Ja, was hat sie gesagt, wie ist das Leben dort? War sie nur in der Stadt? Oder hat sie auch etwas vom Land gesehen?", wollte er wissen und ich betrachtete ihn verdutzt.

„Du kennst New York? Warst du dort?", fragte ich ungläubig. Wie konnte ein Kartoffelsack in New York gewesen sein?

„Nein!", schnaubte der Sack und musste sogar leicht lachen. Zum ersten Mal seitdem wir uns hier unterm Sofa getroffen hatten. „Aber meine Kartoffeln kommen aus Amerika, also von dem Kontinent, in dem New York liegt. Und ich möchte so sehr dorthin, ich meine nach Amerika." Er hielt inne und schien sich in seinen Gedanken zu verlieren. „Ich möchte diese Natur dort sehen, es muss so wunderschön sein. Unendliche Weite, keine Menschen, wilde Wasser, wilde Tiere, hohe Berge, tiefe Schluchten, dichte Dschungel, heiße Wüsten, windige Steppen..."

Vor meinem Auge tauchten Bilder auf. Mir wurde ganz anders, eine Gänsehaut überlief mich. Ein Kartoffelsack träumte von Amerika.

58

„Aber die Kartoffeln sind aus Amerika. Warum? Warum nicht aus Europa? Oder hier aus Portugal?", wollte ich wissen.

„Globalisierung nennt man das!" Der Sack seufzte. „Die Menschen bestellen sich Waren von überall und sie versenden es von hier nach da. Frag mich nicht nach dem Grund, ich weiß es nicht."

In diesem Moment wurde die Küchentür aufgerissen und eine dicke Frau platzte herein. Wir zuckten zusammen und verfolgten die Frau mit unseren Blicken, die laut nach den Jungen rief. Dabei fing sie an, am Herd zu putzen, warf angewidert alte Lappen weg und kippte eine Bierflasche im Spülbecken aus. Die Flasche landete im Müll.

„Sie räumt auf", flüsterte der Kartoffelsack.

Auf dem Küchentisch hockten ein paar Joghurtbecher, die einer der Jungen heute Morgen geleert hatte. Sie hatten sich auf dem Tisch bisher noch halten können, doch die Frau schob sie mit einer Armbewegung in den Mülleimer. Die Becher kreischten auf. Die zwei Jungen erschienen in der Küche, gelangweilt und mit blassen Gesichtern.

„Was ist hier wieder für eine Unordnung!", rief die Frau entnervt. „Ihr seid zu nichts zu gebrauchen. Ihr habt keine Arbeit, ihr lebt im Dreck und ihr wollt Geld von uns!" Sie packte einen der Jungen am Arm. „Ricardo, sag doch was!", fuhr sie ihn an und pfefferte ihre Handtasche auf den Küchentisch.

Ricardo und der andere Junge sagten nichts. Sie schienen keine Argumente zu haben.

„Habt ihr nichts zu sagen?", forderte die Mutter die Jungen heraus.

„Mama, reg' dich doch nicht so auf. Was sollen wir denn machen. Wir finden hier einfach keine Arbeit. Das weißt du doch. Portugal ist ausgebrannt und arm. Ich gehe jeden Tag zum Arbeitsamt." Ricardo schaute wie ein armer Hund aus, wirkte klein und machtlos.

Wenn die Mutter nur wüsste, was sie nachts machten.

„Was soll ich nur mit euch machen?" Die Mutter hatte einen roten Kopf und ihre Hände zitterten. „Was ist nur aus euch geworden? Es ist eine Katastrophe."

Eine Weile sagte niemand etwas.

Dann fing die Mutter an, die Küche weiter aufzuräumen, während sie auf dem Herd etwas zu Essen kochte.

Und schließlich, natürlich, fand diese Mutter uns. Sie fuchtelte mit einem alten Besen in jeder Ecke der Küche und stutzte, als sie den vollen Kartoffelsack unterm Sofa mit dem Besen erfasste. Sie zog ihn ins Tageslicht.

Ich hielt den Atem an.

Der Kartoffelsack schloss die Augen und meinte nur noch: „Es war nett, dich kennen zu lernen!"

Dann griff die Mutter nach ihm, hob ihn hoch, ich sah nichts mehr, weil das Sofa mir die Sicht versperrte. Dann hörte ich den Mülleimer quietschen und es laut plumpsen. Sie hatte ihn komplett mit den Kartoffeln weggeworfen.

Mich förderte sie ebenfalls mit dem Besen zu Tage und ich wurde über den Boden gewirbelt. Ich fühlte mich nackt, als hätte man mich in gleißendes Licht gezerrt. Ruckartig nahm sie mich hoch, mir wurde schwindelig von den plötzlichen Bewegungen und ich wurde an einen Stuhl gehängt. Ich wagte nicht, irgendetwas zu denken oder mich großartig zu wundern.

Sei unauffällig, redete ich mir zu.

60

Die Mutter wütete durch die ganze Wohnung, sie saugte, sie wischte, sie wirbelte Staub auf. Jede Menge Bierflaschen landeten im Mülleimer, den sie schließlich aus der Wohnung trug und leer wieder zurück brachte.

Ich schluckte.

Aus dem Zimmer der Jungen schaffte sie einige Dinge heraus. Unter anderem Klamotten und Schuhe.

Sie untersuchte die Sachen und stopfte alles in einen großen Müllsack, der auf dem Küchenboden stöhnend die Sachen aufnehmen musste.

Und dann stieß sie auf ein dickes Paar Wanderschuhe. Aus irgendeinem Grund ziehe ich anscheinend Schuhe an. Jeden- falls haute sie diese in mich hinein und trug mich kurzerhand mit dem vollen Müllsack raus aus der Wohnung und ins Auto.

„Was hat sie vor?", keuchte ich, als ich mit dem schweren Gewicht der Schuhe verwirrt neben dem Müllsack auf der Rückbank lag.

„Keine Ahnung", meinte er und wir fuhren schweigend mit der Mutter ins Ungewisse.

03.06.2298

Ein paar Momente stand ich reglos im Flussbett. Ich schloss die Augen. Über mir das Sirren der Drohne.

Ob sie bewaffnet war?

Ich hatte davon gehört, dass sie Leute, die sich nicht an die gesellschaftlichen Regeln hielten, einsammelten, tagelang im Regierungskomplex verhörten und es in manchen Fällen zur sogenannten Aussiedlung kam: Verlegung zum Verbotenen Kontinent, damit die- oder derjenige wieder zur Besinnung kam. Ich kannte keine Berichte, dass jemand wieder von dort wieder zurückgekommen wäre.

Aber jetzt hatten sie andere Sorgen. Der Asteroid 666 sollte kommen und die Elite ging. Als wenn sie dann noch für echte Ordnung sorgen könnten. Vielleicht konnte ich es riskieren, einfach nicht zu gehorchen. Was würde auch Schlimmeres passieren, als in einen Bunker zu müssen? Diese Vorstellung ließ meine Knie schwach werden.

So öffnete ich die Augen und wandte mich zur Drohne um. Diese sendete gerade wieder ihre Botschaft ab, dass ich doch gefälligst in einen Bunker gehen sollte.

Ich reckte die Faust in den Himmel und schrie in die leere Wüste: „Hau ab, du dummes Vieh! Du wirst mich nicht fertig machen!"

Die Drohne kam näher, in kleinen Spiralen flog sie tiefer und tiefer, bis sie mir auf Augenhöhe entgegen raste. Ich fing an zu rennen, dann aber überkam mich eine plötzliche

62

Scham, dass ich vor einer Drohne davonrannte, sodass ich abrupt stehen blieb. Ich duckte mich, die Drohne stürzte über mich hinweg.

„Ha!" Ich sprang auf und lief zu den Kakteen, die schweigend in der Landschaft standen.

Passte ich zwischen sie, sodass sie mich nicht erreichen konnte? Als ich mich bückte und mich durch die Kakteen wühlen wollte, spürte ich, wie mich etwas in den Hintern traf. Ein Geschoss der Drohne. Rasend vor Wut richtete ich mich auf, sah die Drohne ein paar Meter hinter mir schweben und einen Pfeil in meiner rechten Gesäßhälfte stecken. Durch den Schutzanzug gebohrt.

Ich wollte schreien.

Aber mir wurde schwarz vor Augen.

25.07.2034

„Hier!", rief die Mutter und lieferte mich mitsamt den alten Wanderschuhen vor einem dünnen Mädchen ab, dass an einem Schreibtisch saß. „Hier hast du endlich ein Paar Wanderschuhe."

Das Mädchen schaute erstaunt und freudig auf. „Echt?"

Sie erblickte mich und ihr Gesicht wurde ernst. Vorsichtig beugte sie sich über mich und inspizierte den Inhalt, während die gefährliche Mutter den Raum schon wieder verlassen hatte. Mich sah sie kurz an und wandte sich schnell wieder ihrem Computer zu, der auf ihrem Schreibtisch stand. Sie ignorierte mich eine ganze Zeit, tippte angestrengt auf den Tasten herum und klickte hin und her, starrte auf den Bildschirm.

Ich beobachtete sie, da ich eh nichts anderes zu tun hatte und war fasziniert von der Eifrigkeit, mit der sie arbeitete. Ab und zu griff sie nach ihrem Handy und tippte auch auf dem herum.

Nach einer Ewigkeit warf sie mir wieder einen Blick zu und meinte plötzlich: „Plastiktüten, ihr seid doch verboten!"

Sie griff nach mir, zog die Schuhe heraus und inspizierte das Loch in mir. Ihr Blick musterte mich eindringlich und meine Fasern spannten sich an. Jetzt würde sie mich zusammenknüllen, einfach in den nächsten Sack stopfen. Oder in Stücke reißen.

Doch sie nahm ein Stück von einem durchsichtigen Band und klebte es mir auf die Haut, da wo das Loch war.

„Aahh", stöhnte ich und ein Schauer fuhr mir durch den Körper.

Sie klebte weiter und es zog sich alles in mir zusammen.

Schließlich hielt sie mich von ihr weg und sagte: „So, jetzt bist du wieder eine echte Tüte, ohne Loch!" Dabei grinste sie breit.

Ich starrte sie an, als ich so an ihrem Finger in der Luft baumelte. Sollte sie mich etwa repariert haben? Einfach so? Ich schaute an mir herunter. Dort, wo meine Haut eingerissen war, hatte sie die Fasern fest mit dem Klebeband verbunden und es war kein Loch mehr zu sehen. In mir brach ein Sturm der Gefühle los, es war, als würden mir die Sinne genommen. Was war nur los mit diesem Mädchen, sie musste verrückt sein, oder? Und sie redete mit mir. Mit einer Tüte.

Ohne eine weitere Erklärung von ihrer Seite hängte sie mich an einen Haken neben ihrem Schreibtisch, wo eine Umhängetasche baumelte und eine Einkaufstasche aus – na, was wohl, Baumwolle. Nicht schon wieder. Alte Erinnerungen kamen hoch, an Timo, an seine Mutter und ihre freche Einkaufstasche. Und das Desaster im Bus. Die Ananas.

„Hallo", murmelte ich.

„Hallo", erwiderte die Umhängetasche.

Die Einkaufstasche hustete lautstark. „Meine Güte. Was stinkt denn hier so?", kam von ihr ein beißender Kommentar. Sie warf mir einen verachtenden Blick zu. „Aus dem Müll gefischt. Klar."

Die Freude über das reparierte Loch verblasste. Sie meinte wohl, dass ich stank?! Unfassbar. Was diese Baumwolltaschen sich nur einbildeten.

„Ach, sei doch still", sagte die Umhängetasche genervt. „Du und deine Baumwolle. Biologisch. Wenn ich das schon hör, krieg' ich Schimmel."

Zu mir gewandt meinte die Umhängetasche: „Luna ist ein tolles Mädchen. Sie rettet alles, was sie findet und benutzt es wieder. Du kannst froh sein, dass du hier bist. Du scheinst eine lange Reise hinter dir zu haben."

„Luna?", fragte ich vorsichtig.

„Na, das Mädchen hier. Sie ist eine engagierte Umweltschützerin, schon mit ihren jungen Jahren und sie vermeidet jeden Müll. Also, sie produziert keinen eigenen und sie repariert alles, was sie findet oder schon hat. Mich hat sie von einer Freundin, die mich wegwerfen wollte."

Ich ließ meinen Blick flüchtig durch das Zimmer schweifen. Noch war ich nicht wirklich aufnahmefähig, musste alles erst einmal verdauen, aber ich sah die großen Fotos von Bergen, die an der Wand hingen. Berge. Noch nie gesehen. Ich kniff die Augen zusammen und schaute genauer hin. Sie waren bunt, irgendwie.

„Was sind das für Berge da auf dem Foto?", fragte ich die Umhängetasche, als wäre es das Wichtigste, was ich gerade zu klären hätte.

„Das sind Müllberge", war der trockene Kommentar der Umhängetasche.

„Müllberge? Wo sind die denn?" Ich konnte es nicht glauben. Sollte es nicht nur Müllinseln geben, sondern auch Müllberge? Wie war das möglich?

„Ja, Müllberge", erwiderte die Umhängetasche. „Du musst wissen, der Vater von Luna ist Müllmann. Sie beschäftigt sich schon das ganze Leben mit Müll und der Umwelt und deshalb hat sie hier auch so Bilder. Muss ja jeder selber wissen, was ihm gefällt. Kunst kann alles sein, so sagt man ja."

Ich schluckte. Müllmann? Was sollte das denn sein? Dieses Wort war mir noch nie untergekommen.

„Wie kann ein Mann aus Müll sein?", fragte ich entsetzt. Gab es etwa Mutationen vom Menschen zum Müll? Wie sollte so etwas möglich sein? Wie musste so jemand aussehen? Einen Kanister als Kopf haben? Oder hatte man ihn auf eine Müllinsel gebracht?

Ich bekam aber vorerst keine Antwort dazu, denn wir wurden gestört.

66

03.06.2298

Meine Augen zuckten. Vor mir erkannte ich nur schwache Schatten. Leise Stimmen waren zu hören. Ein Getippe auf Computern, ein gedämpftes Sprechen aus Lautsprechern.

Mit einem Ruck kam mein Bewusstsein zurück. Es war das Jahr 2298, ich hieß Ronan und hatte zuletzt einen verdammten Pfeil im Hintern gehabt, von einer gemeinen Drohne!

Sofort riss ich die Augen auf, fuhr hoch. Ich hatte auf einer Liege gelegen.

Bevor ich den Raum erfassen konnte, in dem ich mich befand, wandte sich ein Mensch um, der an seinem Computer arbeitete.

„Ah, Ronan, Sie sind wieder wach! Wie schön." Er stand auf.

Ich starrte ihn an, seinen weißen Kittel, seine Handschuhe. Er trug eine Atemschutzmaske.

Schlagartig fielen mir das Buch und die Tüte ein, ich wollte zu meinem Bauch greifen. Doch ich konnte es noch gerade verhindern, um keinen Verdacht zu schöpfen. Denn ich hatte den Anzug noch an! Ich schien unversehrt. Und ich spürte ein dumpfes Drücken vom Gewicht des kleinen Buches. Es war noch da. Wie war das möglich?

„Ronan, bleiben Sie da sitzen, wo Sie sind. Keine Sorge, es passiert Ihnen nichts." Der Typ blieb zwei Meter vor mir stehen. Sicherheitsabstand. „Unser Sicherheitsdienst hat Sie draußen eingesammelt." Das Draußen sprach er aus, als wäre es etwas Verbotenes. „Warum haben Sie sich nicht an die Anweisung gehalten, in den Schutzbunker zu gehen?", wollte der Mann wissen.

Ich antwortete nicht. Beiläufig nahm ich den Raum in Augenschein. Große Bildschirme hingen an den Wänden, die anderen Leute im Raum, es waren fünf, trugen auch Kittel und hackten wild auf ihre Computer ein. Ab und zu starrten sie auf die Bildschirme über ihnen. Dort liefen Zahlen, Messwerte. Auf einem Bildschirm waren Diagramme, auf einem weiteren sah ich einen blauen Planeten.

Die Erde.

Der Mann im Kittel folgte meinem Blick. „Ja, das ist interessant, nicht wahr?", meinte er. „Live-Bilder aus dem All. Von unserer Raumkapsel. Unsere Wissenschaftler beobachten den Weltraum von dort. Der Asteroid 666 wird jeden Augenblick erwartet. Jede Sekunde zählt."

Ich sagte immer noch nichts.

Der Mann wandte sich wieder mir zu. „Nun, sagen Sie, Ronan, meinen Sie nicht, es ist in Anbetracht der Umstände besser, sich in Sicherheit zu bringen?"

Ich verschränkte trotzig die Arme. Was wollte er von mir? Anscheinend hatten sie mich nur hier abgeliefert, wie einen Irren aus der Wüste hatten sie mich gefangen und nun durfte die Elite entscheiden, was zu tun war.

„Ronan, Sie wissen, es ist ernst um den Planeten bestellt. Wir alle werden nach und nach die Erde verlassen, damit die Wissenschaft und die Regierung weiter handlungsfähig bleiben und das Volk von oben regieren können." Der Mann redete zu mir wie mit einem dummen Schüler. „Sie, das Volk, wird solange ausharren und sich in Sicherheit wissen."

68

Meine Augen verengten sich. „Wir, das Volk, werden in diesen Bunkern ausharren und sterben. Das wollten Sie sagen", korrigierte ich ihn. Meine Stimme traf den Raum wie ein Schwert.

Entsetzt fuhren die anderen an den Computern zu mir herum. „Was erlauben Sie sich!", rief eine Frau. „John, gib ihm lieber noch eine Spritze." Sie betrachtete mich durch ihre dünne Brille mit einem verachtenden Blick.

Ich erwiderte standhaft ihren Blick.

John, der Mann mit Mundschutz, fing an zu lachen. „Ronan. Was auch immer Sie von uns denken, ist irrelevant. Die Erde steht vor dem größten Angriff seit Menschengedenken. Wir sollten alle unser Nötigstes tun, dies so gut wie möglich abzumildern..."

In dem Moment tat sich etwas auf den Bildschirmen, sie alle schalteten gleichzeitig live in die Regierungszentrale.

Die Rakete stand zum Start bereit. Die Rakete mit der Regierung. Wir sahen, wie Luca die Rakete bestieg, ebenso seine Regierungsmannschaft.

Jeremy war an einem Mikro daneben zu sehen.

„Liebe Mitbürgerinnen und Mitbürger, die Rakete mit unserer Regierung und allen nötigen Wissenschaftlerinnen und Wissenschaftlern geht in wenigen Minuten ins All. Zur Sicherung unserer Art haben wir die DNA der wichtigsten Pflanzen, die wichtigsten Datenträger mit an Bord. Wir bleiben in Kontakt. In regelmäßigen Abständen werden weitere Menschen, die den Asteroiden 666 mit ihren technischen und physikalischen Kenntnissen untersuchen können, mit Raketen nachreisen. Noch heute.

Liebes Volk, bleiben Sie, wo Sie sind, in Ihren Bunkern. Bleiben Sie gesund!"

69

Schweigend verfolgten wir die Minuten bis zum Start.

Die Rakete verschwand in einem Riesengetöse, Funken, Qualm, alles dabei.

Ich applaudierte euphorisch: „Jaaa, endlich sind wir ohne Regierung! Wo hat es das schon mal gegeben? Dass eine Regierung ihr Land einfach verlässt und von selbst abhaut?"

John und seine Kollegen sahen mich an. Dann trat John näher, er packte meinen Arm und bevor ich noch etwas sagen konnte, stach eine spitze Nadel in meine Haut.

Ich schrie wütend auf, mit der anderen Hand schlug ich ihm die Maske vom Gesicht und trat mit den Beinen gegen seine Knie. John ließ mich los, krümmte sich und fluchte laut.

Doch bevor ich mich daran erfreuen konnte, kippte ich wieder auf die Liege und war weg.

25.07.2034

Ruckartig wurde die Tür aufgerissen, ein dünner dunkelhaariger Junge platzte herein.

Luna fuhr herum und fauchte: „Mateo, kannst du nicht anklopfen?!"

Der Junge namens Mateo grinste nur frech und stellte sich dicht an den Schreibtisch. „Na, was hockst du hier schon wieder am Computer? Lass uns ein Eis essen gehen!"

Luna schüttelte den Kopf und richtete ihre Aufmerksamkeit wieder auf den Computer. „Ich muss arbeiten. Morgen habe ich meinen Vortrag in der Schule. Und außerdem ist es draußen viel zu heiß, es ist über 40 Grad!"

„Arbeiten?", echote Mateo und lachte. Er beugte sich näher zu ihr und las, was Luna dort am Bildschirm geöffnet hatte.

„Die Bedürfnispyramide des Menschen? Umkehrung der Selbstverwirklichung... in... was steht da?" Mateo wich einen Schritt zurück. „Luna, wie lange willst du noch an dem Mist schreiben? Und der Vortrag morgen ist doch total egal. Lass es lieber. Sie werden dich auslachen."

Luna wurde rot. „Mateo, geh nach Hause und lass mich in Ruhe. Du hast kein Recht, mir zu sagen, was ich zu tun habe!" Sie wies auf die Tür.

Er lachte wieder. „Ach, hab' dich doch nicht so. Du steigerst dich immer noch da rein. Glaubst du wirklich, du kannst die Leute da morgen überzeugen, dass die Natur so wichtig ist?"

„Und du, he, was machst du?" Luna stand auf. „Du klebst mit deiner Nase an deinem Handy und weißt noch nicht mal mehr, wie ein Baum aussieht."

„Tja, gibt hier ja eh kaum noch welche, sind ja alle verbrannt." Mateo zuckte die Schultern und ging langsam zur Tür. „Luna, mach doch, was du willst. Es hat schon immer Verrückte gegeben, ist nur schade, dass ausgerechnet du dazugehörst."

Er verschwand.

Luna ließ sich in ihren Schreibtischstuhl sinken und starrte aus dem Fenster. Von dort blickte sie in einen Innenhof, es waren andere Wohnungen mit Balkonen zu sehen. Sie seufzte und nahm ihre Arbeit wieder auf.

„Was geht hier ab?", fragte ich in den Raum und die Baumwolltasche presste gehässig hervor:

„Davon verstehst du nichts, du bist schließlich aus Polyethylen. Aus und in so einem Stoff kann nichts Gutes sein."

Diese Aussage verschlug mir die Sprache und zum Glück griff die Umhängetasche ein: „Jetzt ist aber gut hier, ob Plastik, Baumwolle, Leinen oder was auch immer, wir sind alle demselben Schicksal ausgeliefert."

„Ach ja?", entgegnete die Baumwolltasche. „Und welches soll das sein? Ich jedenfalls werde nicht in den Müll geworfen!"

„Das weißt du doch gar nicht! Guck' dir diese Müllberge an. Da findest du sicher alles, nicht nur Plastik." Die Umhängetasche lachte. „Wir alle sind dem Menschen ausgeliefert, das ist unser armes Schicksal!"

72

In dem Moment ging die Tür auf und ein Mann streckte den Kopf in Lunas Zimmer. „Luna, wir essen!", rief er ungeduldig und zog gleich wieder ab.

„Das ist der Müllmann", rief die Umhängetasche.

„Das ist der Müllmann?!" Ich konnte es kaum glauben. Er sah aus wie alle anderen Menschen. Kopf, Arme, Beine mit Schuhen und so. „Aber er sieht aus wie jeder andere!"

„Oh, das ist echt kaum auszuhalten hier!", stöhnte die Baumwolltasche. „Müllmänner sind ganz normale Menschen und sammeln den Müll von den Straßen. Sie holen den Müll der Menschen ab, vor ihrer eigenen Haustür. Du weißt auch gar nichts!"

Diese Erklärung verblüffte mich. „Warum tun sie das? Machen sie das freiwillig?"

Die Umhängetasche lachte wieder. „Nun, sie werden dafür bezahlt. Also, es ist ihre Arbeit. Muss auch solche Leute geben, die das machen. Es läge ja sonst überall Müll in den Straßen."

Während Luna das Zimmer verließ und ein Abendessen zu sich nahm, sinnierte ich über diese Erkenntnis nach. Müllmänner gab es anscheinend viele auf dieser Welt, denn Müll, dass wusste ich nun, gab es ja auch zuhauf. Musste ich mich vor diesem Mann fürchten, würde er mich bei der nächsten Gelegenheit auch in den Müll stecken? Vielleicht machte es ihm ja Spaß, Müll zu finden und zu entfernen! Mittlerweile war ich auf alles gefasst und ich checkte das ganze Zimmer ab, um eventuelle andere Komplizen ausfindig zu machen. Unter dem Bett lag eine alte Sporttasche, die vor sich hindöste. Ansonsten war das Zimmer relativ gegenstandsfrei beziehungsweise gab es keine Behälter, Dosen oder so. Das Mädchen hatte ein, wie soll ich sagen, einwandfrei geräumtes Zimmer. Nichts war zu viel.

05.06.2298

Ein dumpfes Dröhnen störte mich, ich schüttelte unwillig den Kopf und rutschte hin und her. Wo war ich nun schon wieder? Sie hatten mich in den Bunker gebracht oder was?

Mein Hintern schmerzte, ich hatte das Gefühl, seit einiger Zeit nur gesessen zu haben. Ich blinzelte und nahm vor mir eine Rückenlehne eines Sitzes war. Links von mir ein kleines Fenster. Draußen blauer Himmel. Und unten glitzerte etwas.

Mit einem Mal war ich hundertprozentig wach. Ich beugte mich vor, stellte fest, dass ich über dem Bauch angegurtet war und meine Füße in Fußfesseln steckten. Gefesselt an einen Stuhl, in meinem Schutzanzug. Und das, was da unten glitzerte, was ich aus dem Fenster sehen konnte, das war das Meer!

„Was ist hier los...", keuchte ich entsetzt und schaute wild um mich. Neben mir saß zusammengesunken ein Typ, ebenfalls in einem Schutzanzug, auch gefesselt an den Füßen.

Ich versuchte über die Sitzlehne vor mir zu schauen. Ein Flugzeug. Ein ziemlich großes. Überall saßen Leute, zu beiden Seiten gab es Dreierreihen. Mein überfordertes Gehirn versuchte zu erfassen, wie ich hierher gekommen war. Wieder blickte ich wie in einem Alptraum aus dem Fenster. Was

74

machte das für einen Sinn? Wo flogen wir hin? Niemand benutzte heute noch ein Flugzeug, es war nur der Elite vorbehalten und das nur ganz selten. Dass wir über Wasser flogen, verhieß nichts Gutes. Wir hatten unseren Kontinent sicher schon verlassen.

In dem Moment flackerte ein Bildschirm vor mir in der Rückenlehne auf. „Herzlich Willkommen auf Ihrem Flug, werter Gast!" war dort zu lesen. „Sie befinden sich auf dem Direktflug zum Verbotenen Kontinent. Lehnen Sie sich zurück, Sie haben sich diese Reise verdient. Unser Team bedient Sie gerne mit Speisen und Getränken."

Die Worte verschwammen vor meinen Augen. Weiße Wolken tanzten über den Bildschirm, eine künstliche Sonne lachte vom Himmel. Ich schluckte hart. Mein Mund war ganz trocken.

Ronan, sie schicken dich tatsächlich zum Verbotenen Kontinent, dachte ich und mehr fiel mir nicht dazu ein.

Eine Stewardess kam freundlich lächelnd durch den Gang und bot Wasser an. Als sie bei unserer Reihe stand, rief ich laut und grantig, um mir selbst wieder Mut zuzusprechen: „Ein Wasser bitte und dann muss ich mal aufs Klo, wenn das hier möglich ist!"

Sie lief rot an. „Äh, die Toilette ist da hinten. Ich hole jemanden, der Sie begleitet", murmelte sie und gab mir ein Wasser.

„Ich will aber alleine auf die Toilette, das muss ja wohl noch möglich sein", entgegnete ich frech.

Misstrauisch betrachtete sie mich, dann holte sie einen Kollegen, der meine neben mir sitzenden Nachbarn aufweckte, um mir die Fußfesseln zu lösen. Ich richtete mich auf und hatte das Gefühl, dass meine Knochen knackten wie von einem alten Mann. Was hatten sie nur mit mir gemacht? Wie lange hatte ich hier schon gesessen?

„So, dann kommen Sie mit", meinte der Steward kurz angebunden und ging mit mir den Weg zur Toilettenkabine im hinteren Teil des Flugzeugs.

„Mister", sagte ich zu dem Steward. „Ich will jetzt wissen, was dieses Theater hier soll. Wohin fliegen wir? Soll das ein Scherz sein?"

Der Typ guckte ausdruckslos und wies nur auf die Toilette. „So, gehen Sie mit mir jetzt, bitte. Ich kann nicht auf Ihre Fragen antworten."

„Ich werde auf keinen Fall mit Ihnen zusammen in diese Toilette gehen. Da passt doch gerade mal einer rein!", fuhr ich ihn wütend an.

Mit einem Ruck riss ich die Toilettentür auf, trat ein und knallte sie schnell vor seiner Nase zu.

Eilig öffnete ich meinen Anzug, zog ihn bis auf die Knie herunter und die Tüte mit dem Buch fiel fast heraus. Mit einem kurzen Blick kontrollierte ich das Buch, ja, es war noch das von Luna, das, was ich gefunden hatte. Ich atmete auf.

Sie hatten sich wohl nicht getraut, mich anzufassen, aufgrund von Viren, Bakterien, was auch immer da der Grund war. Mein Glück, dieses infektiöse Denken, diese infektiöse Angst.

Der Typ klopfte schon ungeduldig an die Tür.

„Los, Mann, ich kann auch die Tür aufbrechen, wenn Sie noch länger da drin bleiben!", rief der.

„Ja, bitte noch einen Moment, ja?" Ich spülte ab.

25.07.2034

Der Abend verlief ohne weitere Ereignisse, Luna arbeitete noch ein paar Stunden im Licht ihrer Schreibtischlampe, dann ging sie schlafen. Sie wälzte sich hin und her und ich spürte, dass sie nervös sein musste. Sicherlich wegen diesem Vortrag, von dem sie gesprochen hatte. Was auch immer sie da vorhatte, es schien sie total aufzuwühlen.

Beim ersten Licht, das durchs Fenster fiel, sprang Luna auf und packte ihren Rucksack. Sie blätterte ein Notizbuch durch. Dann schaute sie zu uns herüber. Ihr Blick richtete sich auf mich. Ich schaute zurück.

Es dauerte einen Moment, bis sie einen Entschluss gefasst zu haben schien. Sie griff nach mir, ich erzitterte und erwartete alles Mögliche – doch sie schob nur ihr Notizbuch in mich hinein. Ebenso nahm sie die Umhängetasche, stopfte ein paar Dinge hinein und wir alle zusammen verließen das Zimmer.

Die Umhängetasche rief der Baumwolltasche noch zu: „Guck' dir in der Zeit die Müllberge noch mal genauer an!" Dann waren wir auf dem Weg nach draußen.

Als ich dort den lauen Wind auf meiner Haut spürte, ging es mir gleich besser, ich erinnerte mich an die Zeit am Meer. All die Zeit unterm Sofa mit dem Kartoffelsack und jetzt endlich wieder frische Luft! Doch gleichzeitig spürte ich die schwüle Hitze, die in den Straßen waberte, es war, als würde der Beton der Häuser glühen, ebenso der Boden. Luna sah kritisch zum Himmel. Der war blau. Die Sonne brannte. Luna zog sich ihre Kappe auf den Kopf und lief schneller.

Schließlich kamen wir an einem großen flachen Gebäude an, auf dessen Innenhof Kinder und Jugendliche durcheinander liefen, in Gruppen standen und miteinander spielten oder laut redeten.

„Hier geht Luna zur Schule", bemerkte die Umhängetasche und wir gingen mit Luna ins Gebäudeinnere, das erschreckend kühl war, im Gegensatz zur Hitze draußen. Zielstrebig lief Luna durch die Gänge, an ein paar Türen vorbei und kam dann zu einer kleinen Gruppe von mehreren Leuten in ihrem Alter. Dicht gedrängt standen sie auf dem Gang und redeten leise. Einer spähte durch die große Doppeltür, vor der sie alle warteten.

„Ah, Luna, endlich bist du da!", rief ein Junge und die anderen drehten sich zu uns um.

Luna trat zu ihnen in den Kreis. „Hi, schön, dass ihr alle da seid. Wie sieht's innen aus?"

„Alles vorbereitet. Du kannst schon auf die Bühne gehen. Wir werden uns im Zuschauerraum verteilen", meinte ein Mädchen eifrig und zog ihr Handy aus der Hosentasche. „Ich werde das Video drehen."

„Super!" Luna sah die anderen eindringlich an. „Ich zähle auf euch. Ihr müsst aufstehen an der Stelle, die wir besprochen haben."

„Geht klar!", riefen alle und Luna verabschiedete sich einzeln von jedem mit einem Händeklatschen, bevor sie in den Raum hinter der Doppeltür trat.

Ein großer Saal lag vor uns, leere Stuhlreihen, alle zu einem Podest gewandt, auf dem ein einzelner Stuhl stand. Luna nahm die Treppen zum Podest und setzte sich einfach

78

auf den Stuhl. Die Umhängetasche hängte sie schräg über den Stuhl, mich legte sie vorsichtig auf den Boden.

Ich lauschte in die Stille.

Luna atmete tief durch und ich sah, wie sie die Augen schloss. Was hatte sie nur vor? Und warum hatte sie mich mitgenommen?

Für einige Zeit empfing uns noch eine ungewöhnliche Ruhe, dann ertönte eine Glocke und nach und nach strömten die jungen Menschen, die vorher im Hof gewesen waren, in diesen Saal, in dem wir warteten.

Obwohl ich nicht viel sehen konnte, so spürte ich, dass der Saal bis zum letzten Eckchen gefüllt war. Die Hitze schien von draußen mit hineingekommen zu sein und die Leute redeten immer noch, sie lachten, schoben die Stühle hin und her.

Luna stand auf, bückte sich und nahm mich in die Hände. Mit beiden Händen hielt sie mich vor ihren Bauch, sodass mich jeder sehen konnte. Dabei blickte sie stumm in den Saal.

Allmählich ebbte das Gerede ab. Luna stand unbeweglich. Starrte. Die anderen starrten zurück, auch die letzten hörten auf zu flüstern.

Ich konnte sie jetzt alle sehen, sie starrten mich genauso an wie Luna. Mein Herz hämmerte laut, mir brach der Schweiß aus.

Der Umhängetasche hatte es die Sprache verschlagen.

05.06.2298

Ich zog meinen Schutzanzug hoch, stopfte die Tüte mitsamt Buch hinein, sodass sie wieder schön auf Gürtelhöhe hingen und es aussah, als hätte ich einen leichten Bauch. Dann trat ich aus der Toilette und der Steward betrachtete mich abfällig.

„Na, dann aber schnell zurück zu Ihrem Platz!" Er wies mir mit der Hand den Weg. Ich zuckte die Schultern und folgte seiner Aufforderung.

„Wer fliegt dieses Flugzeug?", fragte ich ihn weiter unerbittlich aus. „Welche Airline soll das bitte sein?"

Unwirsch schob er mich auf meinen Platz, legte die Fußfesseln wieder an. Mit digitalem Schloss.

„Sagen Sie mal, für was legt man mir hier die Fesseln an? Bin ich angeklagt?" Ich fasste ihn am Arm.

Der Mann zuckte heftig zusammen. „Nehmen Sie sofort Ihre Hand zurück, sonst binde ich die auch noch an!", rief er zornig.

„Und ich will sofort auf der Stelle wissen, warum ich in diesem Flugzeug sitze!" Meine Stimme schrillte durch den Raum. Einige Leute drehten sich um. Passagiere wie ich. Sie alle waren in Schutzanzügen, ihre Gesichter hinter einer Plastikscheibe, im Anzug eingenäht. Sie starrten mich an, mit ängstlichen Augen.

Mir wurde eiskalt. Es war schlimmer als jeder Alptraum. Es war nämlich kein Traum. Ich steckte in einer Maschine, die mich von meinem bisherigen Leben entfernte und ich wusste, ich musste dafür bezahlen, dass ich aufgemuckt war. Dieser John hatte mich für einen Aufständigen gehalten oder was auch immer. Er hatte mich in diese Maschine verfrachtet. Auf Befehl von Luca oder Jeremy oder wem auch immer.

Der Steward riss seinen Arm aus meinem Griff und wich in den Gang zurück.

„Sie haben meine Frage noch nicht beantwortet!", schrie ich ihn an. „Wohin reisen wir? Ist es der Verbotene Kontinent?"

Er antwortete nicht.

„Ich will sofort den Piloten sprechen!" Ich stampfte mit den Füßen auf und packte den Sitz vor mir. „Sofort!"

„Junge, lass mal sein", meinte der Mann neben mir besänftigend. „Die sprechen nicht mit uns. Wir sind Abschaum. Das haben sie mir gesagt, als ich mich im Krankenhaus nicht der Operation am Kopf unterziehen wollte, weißte, und jetzt bin ich hier, weil ich mich geweigert habe..."

Ich starrte ihn wortlos an. Wovon redete er nur?

„Die wollen uns loswerden, haste das noch nicht gemerkt?", redete der Mann neben mir weiter. „Störfaktoren in der Gesellschaft, so nennen die das."

Ich sank zusammen, unendlich erschöpft. Niemand würde mir hier die Wahrheit sagen. Dieses Flugzeug flog ins Nirgendwo, auf einen fremden und gefährlichen Kontinent und ich war mittendrin, eine Irrenanstalt in der Luft. Für lange Zeit blickte ich aus dem Fenster, betrachtete das Einheitsblau, das Glitzern der Wellen im Meer.

Mein Kopf war leer.

Mein Magen war leer.

81

Ronan, du kannst einpacken. Das war alles, was du zu Stande gebracht hast. Müll sortieren, Müll suchen. Eine Tüte mit einem Buch von einer Luna finden, von diesem Mädchen, die sich irgendwie hatte aufspielen müssen.

Auf einmal spürte ich ein Ziehen im Magen und es wurde mir klar, dass das Flugzeug in den Sinkflug ging.

Ich schrak hoch, drückte meine Nase ans Fenster und versuchte etwas zu erkennen. Doch wir waren noch zu hoch, ich sah nichts außer Meer.

Die Leute wurden unruhig. Ein nervöses Flirren ging durch die Reihen, es war, als würden wir alle das Gleiche fühlen.

Die Landeklappen der Tragflächen stellten sich auf, das Meer näherte sich rasend schnell.

Sie werden uns einfach ins Meer werfen, dachte ich und meine Hände waren eiskalt. Ich umklammerte die Armlehne, als würde mich das retten. So schloss ich die Augen, um sie gleich wieder aufzureißen. Nein, du musst wissen, was da draußen vor sich geht!

Wir flogen tiefer und tiefer, das Wasser war sehr nah, die Wellen waren genau zu erkennen, wir flogen parallel zur Oberfläche, das Wasser spritzte, Leute schrien auf.

Und es machte einen gewaltigen Rums.

82

26.07.2034

Luna holte tief Luft und sagte langsam in den großen Raum: „Dies wird das letzte sein, was die Menschen in der Zukunft von uns finden werden." Sie hielt mich hoch, mitsamt dem Notizbuch von ihr in mir. „Eine Tüte aus Plastik."

Niemand regte sich.

In mir zogen sich alle Fasern zusammen.

„Niemand wird sich an unsere Errungenschaften, Kunstwerke, Ideen oder Maschinen erinnern, denn all dies wird zusammenbrechen, verschwinden. Aber Plastik wird Jahrhunderte überdauern, es wird auf dieser Erde überall zu finden sein." Luna schaute in den Saal. „Zu mehr scheint unsere Gesellschaft nicht in der Lage sein. Einen bleibenden Eindruck hinterlassen wir für unsere nachfolgenden Generationen – nämlich durch unseren Müll, durch unsere Verbrechen an diesem einen Planeten. Durch unsere Art zu leben, durch unsere Reisen, durch unsere Globalisierung."

Immer noch Schweigen. Es war unerträglich. Die Spannung im Raum war lastend wie die Hitze in den Straßen.

„Mein Name ist Luna, ich spreche zu euch im Namen unserer Organisation Esperança. Wir setzen uns für Umweltschutz ein und wollen damit auf politischer Ebene eingreifen. Denn wir wurden in eine Welt geboren, in der wir umgeben sind von dem, was unsere Vorfahren alles errichtet und erfunden haben: Regierungen, Geld, Wirtschaftssysteme, Finanzmärkte, Monopole, Düngemittel, Zucker, Milch, Fernsehen,

Smartphones, Armut, Kriege..." Luna sprach jedes Wort langsam aus. Sie nahm mich wieder herunter und hielt mich an einer Hand. Mit der anderen fischte sie das Notizbuch heraus.

„Wir fragen uns, wollen wir das alles?" Luna schaute in den Saal. „Wollt ihr das?"

Niemand sagte etwas. Es schienen alle den Atem anzuhalten.

Luna schlug ihr Notizbuch auf und las ein paar Stichpunkte, die sie sich markiert hatte.

„Seit einiger Zeit befassen wir uns bei Esperança mit diesen Themen und wir sind zu folgendem Schluss gekommen: wir leben das Leben, wie es auch unsere Eltern, unsere Großeltern taten. Wir glauben an Geld, an unsere Wirtschaft, an die Verwirklichung unserer Träume. Wir wollen uns selbst verwirklichen. Wir sollen uns selbst verwirklichen.

So sagt man es. So lehrt man es uns. So funktioniert unsere Motivation. Doch unsere Selbstverwirklichung schadet dem Planeten.

Weil wir alles können, weil wir alles erreichen wollen, denken wir an unsere Ziele. An unsere eigenen, egoistischen Ziele." Lunas Blick schweifte durch den Saal. „Hat jemand von uns schon einmal Ziele gehabt, die andere Menschen betrafen oder die Umwelt?"

Schweigen.

„Vermutlich ist dies eher selten. Dass wir uns Gedanken um das Wohlergehen von anderen machen. Insbesondere um das Wohlergehen unseres Planeten. Deshalb frage ich euch heute, wollt ihr nicht auch später zu euren Kindern sagen können, dass ihr euch für die Zukunft dieses Planeten eingesetzt habt? Dass ihr eure Ziele zurückgesteckt habt, damit ein großes gemeinsames Ziel erreicht werden kann? Ein langer Prozess soll angestoßen werden, damit wir uns alle auf diesem Planeten ökologisch neu ausrichten können, uns in der Hierarchie aller Lebewesen demütig zeigen und so die Verwirklichung eines gesunden Lebens auf den Weg bringen."

Luna schaute in die Zuschauer und es sagte immer noch niemand etwas.

Sie steckte ihr Notizbuch wieder in mich und legte mich auf den Boden. Dann ging sie zum Rand des Podests und sagte ruhig und klar: „Ich frage euch noch einmal, wollt ihr nicht etwas für diesen Planeten tun?"

Nur schwer konnte ich im Raum die Leute ausmachen, aber ich sah, wie mehrere aufsprangen und riefen: „Ja, natürlich!"

„Ja, wir sind dabei!" Einige klatschten.

„Was willst du denn von uns?", rief ein Junge in der ersten Reihe frech. „Wie soll ich den Planeten retten?" Er lachte und schaute spöttisch drein. „Soll ich mich zu Hause einschließen?"

Luna lächelte. „Es gibt einen ganz einfachen Weg. Wir werden jetzt demonstrieren. Ich habe eine Demonstration angemeldet, in den Straßen dieser Stadt. Ihr könnt alle mitkommen."

Für einen Augenblick war es ganz still.

Dann rief eine Frau, die am Podest in der Ecke stand: „Luna! Das war nicht abgesprochen...du wolltest einen Vortrag über Umweltschutz halten! Du hast mir gesagt, dass…" Sie kam näher.

Luna zuckte die Schultern.

„Vorträge bringen nicht viel. Wir müssen endlich aufstehen, wir, die Kinder dieser Erde!" Und dann schnappte sie

85

die Umhängetasche und mich und sprang leichtfüßig vom Podest. „Los, gehen wir raus auf die Straße, für diesen einen Planeten!", schrie sie und lief zur Tür.

Hinter uns entstand ein großer Tumult.

05.06.2298

Wir waren auf dem Meer gelandet, wie ich bei einem ungläubigen Blick aus dem Fenster feststellte. Aber ich konnte kein Land sehen. Ich reckte mich und sah, wie die Crew anfing, die Leute von ihren Fesseln zu befreien und sie aus dem Flugzeug ließ. Nach und nach wurden die Reihen leer. Es herrschte ein schweigsames aber emsiges Treiben, alle schienen zu verstehen, dass sie gehen sollten. Aber wohin?

Schließlich wurde auch ich befreit, die Stewardess, die mir das Wasser gegeben hatte, öffnete meine Fußfesseln.

„Na, dann vielen Dank auch!", sagte ich sarkastisch zu ihr und sie drehte sich um ohne mich anzublicken.

„Gehen Sie schon!" meinte sie nur und ich folgte den anderen zur Tür.

Ich roch die Luft von draußen, es war eine warme Luft, natürlich. Es war ja immer noch heiß, egal wo sie uns auch absetzen würden. Es war heiß an jedem Flecken dieses Planeten.

Als ich schließlich an der Tür stand, wurde mir schlecht. Wir waren mitten im Meer. Von einem Land war auf den ersten Blick nichts zu sehen. Ich drehte mich zu dem Steward um, der an der Tür stand. Hinter mir warteten noch ein paar der Passagiere.

„Wo sind wir?", fragte ich ihn scharf.

Mein Blick fiel auf die Leute vor mir, die in kleinen Schlauchbooten saßen und anfingen zu rudern. Ein paar Boote waren schon draußen im Meer, ein paar Hundert Meter entfernt. Sie steuerten alle in die gleiche Richtung. Ich schirmte die Augen mit der Hand ab und schaute in diese Richtung. Es war doch Land zu erkennen, aber nur ein dünner Streifen. Mein Magen krampfte sich zusammen. Sollte das der Verbotene Kontinent sein? Und dann erkannte ich, wo wir gelandet waren: es war ein riesiger Flugzeugträger, wie man es von Kriegsszenarien kannte. Groß wie eine Autobahn. Eine letzte Festung im Meer vor der verfluchten Küste. Bloß kein Kontakt mit den Menschen dort.

„Weitergehen, los, schneller!", fuhr mich der Steward an und schubste mich eine kleine Rutsche hinunter in eines dieser Boote.

Plumps, landete ich neben anderen Leuten. Wir rutschten hin und her, das Boot schwankte gefährlich. Es waren schon zehn Leute an Bord, viel zu schwer für das kleine Teil.

„Hier, paddeln Sie!" Der Steward warf mir grob ein Paddel ins Boot.

Schon zogen sie ein weiteres Boot mit einer Leine an die Rutsche heran, für die letzten Passagiere aus der Maschine. Mit offenem Mund beobachtete ich die Szenerie um mich und konnte es kaum fassen.

„Los, paddeln Sie!", rief ein weiterer Steward mit einem Megafon, der vom Cockpit aus an der Tür sprach. „Halten Sie Kurs auf die anderen Boote! Sie werden an der Küste in Empfang genommen. Der Verbotene Kontinent wartet auf

Sie." Bei den letzten Worten klang seine Häme deutlich heraus.

Wasser spritzte mir ins Gesicht, ich kam mir vor, als wäre ich aus Stein. Er hatte es tatsächlich gesagt. Es stimmte also. Sie setzten uns aus. Wir sollten uns auf den Verbotenen Kontinent retten. Da, wo die Krankheiten regierten, die Leute in bitterer Armut lebten, wo der Hunger zu Hause war.

Sie hatten uns für Störfaktoren gehalten. So wie sie den afrikanischen Kontinent für einen Störfaktor gehalten hatten, seit Jahrhunderten, seit Jahrtausenden. Eine unfassbare Wut ballte sich in mir auf, größer als alle Gefühle, die ich je gefühlt hatte. Der weiße Mann, der bis zuletzt die Herrschaft nicht abgab. Bis heute war diese Sklaverei aufrechterhalten worden – und nun war ich Teil davon.

Meine Mitfahrer im Boot hatten schon längst die Paddel ergriffen und steuerten das Boot hinter den anderen her. Ich registrierte nur noch im Zurückschauen, wie das Flugzeug silbern in der Sonne glänzte und seine Rutschen einzog.

Wir nahmen Kurs auf den Verbotenen Kontinent.

26.07.2034

Die Gruppe von Luna hatte für eine Demonstration gut vorgesorgt. Im Hof stand einer der Jungen aus der Gruppe und sprach durch ein lautes Gerät:

„Wir kämpfen für diesen Planeten! Wir wollen endlich eine Zukunft! Wir wollen gerechte Politik!"

Und Luna und die anderen aus ihrer Gruppe fielen in sein Gebrüll ein. Sie entrollten ein langes Plakat, hinter dem sie sich formierten. Ich wurde an Lunas Bein gedrückt, während sie zwischen den Leuten stand und mit den Füßen stampfte. Noch hielt sie mich in der Hand.

Hinter uns wurde der Hof voller und voller. Aus einem der Fenster nahm ein Junge das Rufen auf, er hatte auch ein Gerät, womit er lauter klang.

Ein dicker Mann im Anzug stürzte auf den Hof.

„Was geht hier vor?", brüllte er.

Die Frau aus dem Saal rannte zu ihm und redete wild auf ihn ein.

„Wir wollen endlich gehört werden, Kinder dieser Erde! Wir wollen ein Leben auf diesem Planeten!", riefen die jungen Leute.

Immer mehr Schüler strömten auf den Hof, sie schlossen sich dem Zug an, der sich langsam in Bewegung setzte. Vor uns war jetzt auch ein Auto, das mit Blaulicht vor uns fuhr. Das sollte wohl so sein, denn niemand schien darüber erstaunt, Luna hob einmal die Hand und grüßte den Mann in

Uniform, der am Straßenrand gestanden hatte und nun mitging.

„Wir wollen eine Zukunft!" Das schrien sie ohne Unterbrechung. Mir war ganz anders, ich hing mitten in dieser Demonstration, die Fasern aufgeregt gespannt. War das ein Traum?

Wir marschierten durch die Straßen, hinter uns eine große Masse. Am Straßenrand kamen die Leute aus ihren Häusern, Autos blieben stehen. Auf der Hauptstraße gingen wir über große Kreuzungen. Menschen rissen die Fenster auf, starrten uns an. Ein Bus musste in einer Hauseinfahrt halten, da er nicht mehr vorwärts kam.

Dann wollte Luna unvermittelt diese Sprechanlage aus den Händen des Jungen haben und musste mich loswerden, da sie beide Hände brauchte. Sie band mich kurzerhand mit meinen zwei Schlaufen, die den Tragegriff bildeten, am Riemen der Umhängetasche fest.

Ich hörte Lunas Stimme metallisch rufen: „Wir wollen ein Ende dieser Politik! Diese Politik der Gier ist am Ende!"

Ich spürte, wie Luna schneller ging und ihre Stimme erklang wieder: „Wir wollen ein Ende dieser Politik! Wir wollen eine Zukunft!"

„Ja, ich will auch eine Zukunft!", rief die Umhängetasche und ich klatschte gegen sie, in ruckartigen Schlägen, als Luna schneller wurde und an den Rand der Straße ging. Von dort konnte sie die Menschenmenge überblicken, die an ihr vorbeizog. Auf einem kleinen Wall stand sie und ließ den Blick schweifen.

„Aber wo wollen sie denn alle hin?", fragte ich gegen den Lärm.

90

Die Umhängetasche wusste keine Antwort. „Vielleicht zu den Müllbergen?!"

Dann setzte sich Luna in Bewegung, um sich wieder einzureihen und gleichzeitig spürte ich, wie sich meine Schlaufen von der Umhängetasche lösten. Die ruckartigen Bewegungen hatten sie aufgelockert.

Ich konnte nichts tun, es ging rasend schnell und da fiel ich – das Notizbuch zog mich nach unten. Plumps, ich lag im Gras, rutschte den kleinen Wall hinunter in einen Graben.

Das war's.

Vor Schreck konnte ich auch nichts rufen, die Umhängetasche mitsamt Luna war außer Sicht, ich sah nur die Köpfe der Menschen, der Schüler, die in der Demonstration mitgingen.

Es war, als würde alles in mir zusammenbrechen, das Notizbuch lag schwer in mir, ich schaute in den blauen Himmel.

05.06.2298

Auf dem Wasser herrschte eine starke Strömung und der Wind drückte uns immer wieder vom Kurs ab. Ich hatte meinen Mitfahrern den Vorschlag gemacht, dass wir doch woanders hinfahren könnten anstatt zum Verbotenen Kontinent, doch nach ihren Blicken zu urteilen war jetzt keine Zeit für Diskussion. Denn mal ehrlich, das Boot hatte ja auch nichts an Bord. Es gab noch nicht mal ein Seil, an dem man sich festhalten geschweige denn das Boot festmachen konnte! Und kein Proviant!

Der Wind blies mir ins Gesicht und ich schrie gegen ihn an. „Oh, Luca, du hast uns alle im Stich gelassen, wir paddeln hier auf diesem Wasser und du machst dir einen Kaffee in deiner Kapsel!"

Ein Typ stieß mich an. „Hey, mach mal lieber mit, das Boot driftet immer weiter ab!"

Ich sah ihn überrascht an. „Habt ihr es etwa eilig, dahin zu kommen?"

Der Verbotene Kontinent lag nun direkt vor uns. Die Wellen wurden schwacher und ich erblickte das Land.

Es war nur eine lange Mauer zu sehen, die ebenso wie bei uns vor dem steigenden Meeresspiegel Sicherheit geben sollte. Aber ich erkannte, dass die anderen Boote alle an Land gezogen wurden. Fremde in Taucheranzügen – so sah es jedenfalls aus - liefen uns entgegen, packten die Boote vorne an und zogen sie über den Sand.

Ich kniff die Augen zusammen. Waren das Leute von Luca? Es war nicht einzuschätzen. Als wir nur noch fünfzig Meter vom Land entfernt waren, watete auch ein Typ zu uns, zog uns ein Stück, dann ließ er uns im Wasser aussteigen.

Wir gingen schweigend mit ihm an Land, legten die Paddel ins Boot und er deutete auf ein Tor in der Mauer.

„Gehen Sie mal vor, wir bringen Sie dann zur Krankenstation", meinte er ganz gelassen im besten Englisch und wir starrten ihn an.

Er warf uns einen irritierten Blick zu. „Sie müssen erst einmal behandelt werden, das hat schon alles seine Richtigkeit. Gehen Sie schon!" Dabei schaute er zum Himmel, als gäbe es dort etwas zu sehen.

Ich fügte mich seinem Befehl und stapfte hinter den anderen her, durch den schweren Sand zur Mauer. Wir passierten das Tor, welches sich hinter uns gleich wieder schloss. Zwei Frauen bewachten es mit scharfen Gewehren und sie wiesen auf einen kleinen Bus, der auf einer Straße stand.

„Los, alle einsteigen!", rief eine laut.

Wir folgten ihrem Befehl und ich dachte mir, dass es viel schlimmer nicht mehr kommen konnte.

Unwillkürlich musste ich an die Flüchtlingsdramen denken, wie Leute von A nach B transportiert wurden, ohne etwas zu wissen, etwas zu verstehen oder beeinflussen zu können. Ich schämte mich plötzlich vor mir selbst und fragte mich, ob es nicht richtig war, dass ich das jetzt auch durchleben musste.

26.07.2034

Es wurde kühler, die Dämmerung brach ein. Ich hatte mich nicht vom Fleck bewegt. Wie auch? Der Wind konnte mich nicht tragen, nicht mit diesem Gewicht. Und es sah mich auch niemand. Wer schaute schon in eine Böschung am Straßenrand? Ob Luna mich vielleicht doch suchen würde?

Als es schon fast ganz dunkel war, hörte ich einen Hund schnüffelnd durch die Böschung streunen. Nein, nicht auch das noch!

Schnell hatte er mich entdeckt, mit seiner Nase beschnupperte er mich eingehend, dann leckte seine Zunge über meine Haut.

„Hau ab!", schrie ich. Natürlich kapierte er das nicht. Stattdessen zog er an meinem Tragegriff, haute mit der Pfote auf mich. Schließlich zog er mich durch die Nacht.

„Aaahhrrr", brüllte ich. „Lass mich sofort los!" Es ging über Gras, über Erde. Das Notizbuch schlug mir bei jedem Stein oder Ast, der im Weg lag, hoch und ich dachte, ich würde wahnsinnig werden vor Schmerzen.

Urplötzlich hielt der Hund an, ließ mich los und steckte witternd die Nase in die Nacht. Dann verschwand er, als hätte es ihn nie gegeben. So, wie er mich losgelassen hatte, lag ich mitten im Finstern, ich spürte Gras unter mir, nichts weiter.

Ein Vogel schrie in der Nähe. Dann war Stille.

94

05.06.2298

„So, hier ist Ihr Bett." Eine ältere Frau in weißem Kittel deutete auf ein Bett in einem Saal. Dabei lächelte sie mich freundlich an. Sie trug keinen Schutzanzug oder Atemschutzmaske.

Ich schaute sie verständnislos an. „Warum soll ich hier übernachten?"

Der Bus hatte uns zunächst durch ein paar verlassene Straßen gefahren und dann an diesem größeren Gebäude ausgespuckt, in dem wir nun auf Betten verteilt werden sollten.

„Ja, wir müssen Sie erst einmal untersuchen, ob Sie was mit sich tragen, Krankheiten und so etwas in der Art", erklärte sie geduldig und wies auf meinen Anzug. „Ziehen Sie das jetzt bitte aus, es ist nicht mehr nötig, das zu tragen. Ich muss Sie untersuchen."

Mir brach der Schweiß aus. „Nein, ich werde mich nicht ausziehen!", rief ich erbost. Ich dachte an meine Mitreisenden, das Buch und die Tüte. „Ich möchte mich nicht anstecken, hier gibt es auch jede Menge Krankheiten!"

Die Frau gluckste nur und lachte.

Was gab es da zu lachen? Es war ja eindeutig, warum sie hier alle krank waren, wenn sie mich noch nicht mal mit Mundschutz untersuchen wollten!

„Nun, Sie werden nicht darum herum kommen, ich muss Sie untersuchen. Sie können sonst nicht dieses Gebäude verlassen. Es wird auch nichts Schlimmes passieren! Routineun-

95

tersuchung", meinte die Frau und schaute auf ein Blatt Papier, das sie auf einem Klemmbrett liegen hatte.

Keine Endgeräte, keine Displays. Seltsame Leute. Etwas hinterm Mond, tatsächlich.

„Wissen Sie was, Sie können sich in Ruhe ausziehen, ich werde die anderen erst einmal besuchen." Und sie wandte sich ab, ging zum nächsten gestrandeten Passagier, der auf seiner Bettkante saß.

Für einen Moment stand ich bewegungslos, fragte mich, was nur hier vor sich ging, dann öffnete ich langsam meinen Schutzanzug. Ich hatte darunter ein einfaches T-Shirt und eine kurze Hose, das war ja nicht das, wofür ich mich schämte. Ich zog die Tüte hervor und legte sie unter das Kopfkissen, das auf der Liege lag. Wie sollte ich sie nur verstecken? Ich musste sie irgendwie am Körper haben, damit sie mir niemand wegnehmen konnte. Unschlüssig streifte ich den Anzug ab, es war, als würde ich seit Jahren aus einer alten Haut klettern und ich merkte, dass ich total nach Schweiß roch. Wie peinlich das Ganze!

Ich legte den Anzug auf den Boden und hockte mich auf das Bett, als wollte ich gleich wieder fliehen. Dabei beobachtete ich, wie die anderen Leute von der Ärztin untersucht wurden, Atem, Puls, Augen.

Sie würden uns direkt mit irgendeiner Krankheit infizieren, dachte ich und grübelte weiter, wie ich die Tüte rechtfertigen konnte, wenn sie jemand sah.

Zunächst fiel die Tüte aber nicht weiter auf, ich wurde dann auch untersucht und die Ärztin meinte, dass ja alles ganz gut aussehen würde.

„Aber Sie müssen gut essen, Sie sind ja ganz schön abgemagert!", rief sie leicht entsetzt und betrachtete mein Gesicht. „Sie bekommen da wohl nichts Gutes zu essen, da in Ihrer Heimat."

Heimat. Hatte das Wort noch eine Bedeutung für mich? Was war meine Heimat? Ein Flussbett? Oder meine Wohnung in einem Hochhaus?

Der besorgte Ton der Ärztin machte mich stutzig. Warum war sie so freundlich? Immerhin war ich ein Fremder auf ihrem Kontinent, ein Eindringling. Sie hatten uns aus dem Wasser gezogen, versorgten uns nun.

„Hier, nehmen Sie dies." Vor meiner Nase schwebte ein Löffel mit einem grünen Pulver.

Ich kniff die Augen zusammen. „Was ist das?"

„Das macht Sie gesund und stark", erwiderte sie mit einem Lächeln.

Entschlossen presste ich meine Lippen gegeneinander. Das war sicherlich eine Droge, Gift oder etwas, womit sie mich gefügig machen wollten.

„Jetzt vertrauen Sie mir schon. Die anderen haben es auch genommen. Sie werden sich morgen besser fühlen, gleich gibt es auch noch ein Abendessen!" Leicht genervt verdrehte die Ärztin ihre Augen.

Bevor ich lange überlegen konnte, öffnete ich den Mund und nahm das Pulver ein. Es schmeckte bitter, nicht übel, konnte man vertragen.

„So und wenn ich so Ihre Augen anschaue, Ihre Iris, dann fehlen Ihnen sehr viele wichtige Vitamine. Vor allem Vitamin D!", tönte die resolute Stimme der Ärztin weiter.

„Meine Iris?", wiederholte ich ungläubig und schloss schnell die Augen, damit sie mich nicht weiter analysieren

97

konnte. „Meine Iris sagt mir, dass ich jetzt wissen will, was Sie mit mir vorhaben!", rief ich laut.

„Ja, doch, regen Sie sich nicht auf."

Ich spürte eine Hand auf meinem nackten Unterarm. Sofort riss ich meine Augen wieder auf und starrte die Ärztin erschrocken an. Ihre braune Hand lag auf meinem schneeweißen Arm. Wie konnte es sein, dass sie das Kontaktverbot zwischen Fremden missachtete?

Ich wollte meinen Arm intuitiv wegziehen, doch ich hielt stand.

Und dann gab sie mir einen weiteren Löffel, den sie vorher in ein Glas mit einem gelben Pulver steckte. „Vitamine, so bitte Mund aufmachen!"

Ich schluckte auch dieses Zeug und dann sagte sie schnell: „Es kommt gleich jemand, der Sie genauer über das weitere Vorgehen informieren wird." Sie wandte sich ab und wollte weitergehen.

„Und der Asteroid?!", rief ich entrüstet. „Ist der schon eingeschlagen oder was?! Interessiert das eigentlich noch jemanden?"

Sie aber reagierte nicht mehr und kümmerte sich um andere.

27.07.2034

Als die Sonne am Horizont aufging und sich ihre Strahlen über die Erde ausbreiteten, schrak ich zusammen.

Ich lag mitten unter einem dichten Gestrüpp. Ein dünnes Blätterdach über mir. Nur schemenhaft konnte ich ein paar Häuser links von mir erkennen, die Stadt. Zwar nicht allzu weit entfernt, aber sicher weit weg von Luna.

Ob sie mich noch suchen würde?

Nun, wenn sie suchen würde, dann sicher nur dieses Notizbuch! Als wenn jemand nach mir suchen würde! Ich war doch Müll.

Genau, das war ich jetzt. Ich hatte es doch schon lange geahnt und jetzt hatte ich meine Bestimmung gefunden.

Ich lag unter einem Gestrüpp, dreckig und alt. Unbrauchbar. Eben einfach echter Müll. Niemand würde mich hier finden. Wer ging in ein Gestrüpp heutzutage? Ein Hund, ja. Aber kein Mensch. Es gab keine Rettung mehr. Es gab keinen Nico und keine Luna, keine Umweltschützer, die mich retten würden.

Ich war einfach Müll.

Diese Erkenntnis überwältigte mich.

05.06.2298

Ich hockte unruhig auf meinem Bett und war mit meinen Gedanken weit weg. Stimmen waberten um mich herum durch den Raum, es war alles gedämpft, ein paar Assistenten redeten mit den Leuten in den Betten. Es kam mir alles sehr unwirklich vor, so, als wäre ich abgeschnitten von der echten Welt.

Wo war die Hitze, wo war das Flussbett, der drohende Asteroid? War er schon auf den Planeten getroffen, aber eben nur auf den Alten Kontinent, auf den, den ich gerade verlassen hatte? Dieses Unwissen machte mich wahnsinnig, ich wollte aus Gewohnheit zu meinem Arm schauen, in dem bislang immer das Endgerät gesessen hatte – doch den Anzug hatte die Assistentin vorhin entsorgt. Es gab keine Verbindung zum Internet, um etwas nachzuschauen, die neuesten Nachrichten der Regierung zu lesen.

Was ging hier nur vor sich? Sie schienen alle zu wissen, was zu tun war, diese fremden Leute, sie waren ruhig und emsig.

Nach einer Weile trat ein Mann mittleren Alters zu mir, er hatte ebenfalls ein Klemmbrett in der Hand. Überall nur Papier, keine digitalen Sachen.

„Hallo!" Der Mann nickte mir freundlich zu. „Ich bin Marcos, Außenbeauftragter der Regierung Afrikas. Mein

100

Auftrag ist es, die Neuankömmlinge auf unserem Kontinent zu begrüßen und einzugliedern."

Meine Sinne konnten das Gesagte kaum verarbeiten.

„Deshalb werde ich Ihnen ein paar Fragen stellen, damit wir Sie besser einschätzen können und Ihnen helfen können", fuhr Marcos fort und setzte seine Brille zurecht.

„Wer redet hier von Eingliederung? Ich bin ausgesetzt worden, auf dem Meer, wissen Sie, ich habe nicht vor, hier zu bleiben, auf dem Verbotenen Kontinent. Ich möchte zurück...", fing ich mit meinem Redeschwall an und Marcos lächelte.

„Ja? Möchten Sie zurück in Ihre Heimat?" Sein Blick war durchdringend.

Ich hielt ihm stand, doch seine Frage beantwortete ich nicht. Wo wollte ich hin? Was wollte ich? Ich wusste es nicht mehr. Die Welt war auf den Kopf gestellt.

„Nun, wir möchten die Ausgesetzten an unseren Küsten nicht ertrinken lassen, wir vom Verbotenen Kontinent, wie Sie so freundlich sagen, wir möchten Sie nicht ausschließen aus unserer Gesellschaft. Sie sollten eine Chance bekommen, so wie jedes Menschenleben eine Chance ist. Das ist die Devise unserer Regierung. Und deshalb werde ich Sie jetzt interviewen." Marcos ließ sich wohl nicht beirren.

Er schaute auf sein Papier. „Wie ist Ihr Name?"

Ich zuckte die Schultern. „Sie können doch meinen Chip auslesen, dann haben Sie alle Daten. Meine Allergien, Krankheiten, Familienmitglieder, Blutgruppe, und so weiter."

Marcos schüttelte den Kopf. „Nein, diese Chips können wir nicht auslesen, wir haben keine Geräte dafür und auch keine Datenbanken, die uns die Informationen liefern könnten. Wissen Sie, hier in Afrika gibt es eine Nondigital-Agenda, das Entdigitalisieren der Gesellschaft. Niemand soll sich mit diesem lästigen Zeug noch beschäftigen beziehungsweise den schädlichen Wellen aussetzen. Also, Ihr Name, bitte. Sonst muss ich mir einen ausdenken."

Vor Überraschung fiel mir nichts Weiteres ein, was ich dagegen halten konnte. Eine Entdigitalisierung?

Marcos schaute mich fragend an. „Also?"

„Ronan", sagte ich murrend. „Ronan Sova. ID 0666. Geburtsdatum 06.06.2273."

Der Stift von Marcos hielt inne. „06.06.2273 sind Sie geboren? Morgen ist der 06.06.!"

Ich runzelte die Stirn. Geburtstage hatten für uns keine Bedeutung mehr. Kinder wurden seit einigen Jahrzehnten nur noch auf Antrag genehmigt. Geburtstage waren etwas Technisches, etwas, das für den Menschen selbst keinen Wert mehr hatte.

Marcos beobachtete vorsichtig mein Gesicht und schüttelte dann fast unmerklich den Kopf.

„Was ist?", fuhr ich ihn an. „Jetzt fragen Sie schon weiter!"

„Was haben Sie denn beruflich bislang gemacht?"

„Beruflich?" Ich zog die Augenbrauen hoch. „Ich bin, seitdem ich denke, im Müll unterwegs und suche nach Plastik..." Bei den letzten Worten musste ich mich bremsen. Ronan, erzähl doch nicht jetzt von der Suchaktion mit der Tüte! Fatal!

„Ach so, diese Sache. Ja, davon haben wir gehört. Eine Tüte, nach der gesucht wird." Marcos nickte nur sachlich und fragte weiter. „Hobbys?"

102

05.08.2043

Ich lag unter dem Gestrüpp.

Die Sonne brannte vom Himmel. Ein Vogel sang im Busch neben mir ein Lied. Von der Stadt drang Verkehrslärm hinüber.

05.06.2298

„Hobbys?", echote ich.

Wollte der Typ mich veräppeln?

„Ja, was machen Sie gerne, meine ich. Haben Sie vielleicht ein Talent?"

Misstrauisch schaute ich Marcos in die dunklen Augen. „Also, was auch immer Sie über meinen Kontinent wissen, eins sollten Sie wissen: für Freizeit oder Hobbys haben wir keine Zeit verschwenden dürfen. Unsere Arbeitskraft stand ganz im Sinne der Regierung. Wie soll ich da noch ein Hobby ausüben?" Was dachte der sich? Sollte ich im Müll Verstecken spielen oder Weitwurf mit Plastikflaschen organisieren?

„Ja, schon gut!" Marcos nickte ungeduldig. „Das heißt, nach der Arbeit saßen Sie stundenlang zu Hause und haben aus dem Fenster geschaut?"

Ich zog die Augenbrauen zusammen. Der machte sich lustig über mein hartes Leben!

„Na ja, ich höre viel Musik, ich meine, habe ich gehört. Ich hätte gerne ein Musikinstrument gelernt, das wurde mir verboten", murrte ich.

Marcos nickte sachlich. „Und was hören Sie so?"

Was sollte das werden?

„Heavy Metal", entgegnete ich knapp. „Iron Maiden ist meine Lieblingsband. Sagt Ihnen das was? Ist schon was ältere Musik, aber sehr ausdrucksstark. Ich weiß ja nicht, welche Musik hier so gehört wird." Dabei ließ ich die letzten Worte abfällig in den Raum fallen.

„Ah ja, das sagt mir was, Heavy Metal. Das ist hartes Metall. So kann Musik klingen." Marcos notierte sich alles eifrig.

Ungläubig sah ich ihm dabei zu. War das wirklich relevant für meine sogenannte Eingliederung?

„Und sonst?", fragte Marcos. „Noch was Wichtiges über Sie, was wir wissen sollten? Nach Ihren Interessen werden wir Ihnen dann einen Job bei uns anbieten."

„Einen Job? Marcos, ich möchte nur eins: weg von diesem Verbotenen Kontinent!", rief ich, ein bisschen zu laut, denn ein paar Leute drehten sich zu uns um.

Aber Marcos war nicht aus der Ruhe zu bringen. „Ach ja? Und, wohin wollen Sie? Haben Sie ein anderes Angebot? Will Ihre Regierung Sie zurückhaben?"

Ich schwieg.

„Wissen Sie, Ronan, Sie reden nur vom „Verbotenen" Kontinent, dabei sind wir einfach Afrika. Es gibt keine Ländergrenzen mehr innerhalb dieses Kontinents, wir haben uns alle in eine Gemeinschaft eingegliedert." Marcos legte sein

104

Klemmbrett auf meine Bettdecke. „Sagen Sie lieber Afrika, das klingt freundlicher." Und er lächelte wieder.

Ich zog meine Beine hoch auf das Bett.

„Wenn Sie meinen", murmelte ich.

„Nun, Ronan, was soll ich jetzt mit Ihnen machen? Eigentlich würde ich Ihnen eine Wohnung zuteilen, die Sie morgen beziehen können. Bis dahin können Sie sich ja überlegen, was Sie gerne für unsere Gemeinschaft leisten möchten. Oder was Sie vielleicht lernen wollen. Sie sind von Ihrer Regierung abgestoßen worden, Sie sind nicht der Erste. Wir wissen, was Sie durchgemacht haben. Das ist hart. Gleichzeitig sollte ich Sie irgendwo eingliedern."

Ich wurde ihn nicht los, er war wirklich hartnäckig. Aber mir fiel spontan siedend heiß ein, was ich wirklich lernen musste!

„Portugiesisch möchte ich lernen. Ich würde gerne Sprachunterricht nehmen", sagte ich bestimmt und dachte an das Notizbuch. Ich musste es endlich lesen können!

Marcos erstarrte.

„Portugiesisch?", wiederholte er mit einem Zittern in der Stimme. „Warum ausgerechnet Portugiesisch?"

Seine Reaktion überraschte mich.

„Wieso nicht?", fragte ich. „Das ist eine schöne Sprache. Ich habe mal ein Video angeschaut und mir immer gewünscht, dass ich es auch sprechen könnte."

Marcos' Augen verengten sich. Er schien mich zu durchleuchten.

Ich starrte zurück.

„Bei uns spricht keiner mehr diese Sprache. Außer die Regierungspräsidentin und ihre Familienmitglieder", antwortete Marcos schließlich.

31.12.2059

Ich lag unter dem Gestrüpp.

Die Sonne brannte vom Himmel.

Eine Fliege setzte sich auf mich, verweilte einen Augenblick und flog weiter.

05.05.2298

„Nun, dann können die mich ja unterrichten!", erwiderte ich fröhlich auf Marcos' Antwort und dachte gleichzeitig, dass ich auf eine spannende Spur gestoßen war.

Wie konnte es sein, dass ausgerechnet die Regierung noch Portugiesisch sprach? In mir ratterten die Gedanken und ich überlegte, wie ich Marcos überzeugen konnte.

Dieser jedoch war keinesfalls davon angetan, die Regierung für meinen Sprachunterricht zu kontaktieren. „Ronan, warum auch immer Sie Portugiesisch lernen wollen, dass wird nicht möglich sein." Marcos schüttelte den Kopf.

„Aber warum sprechen sie dort noch Portugiesisch?", fragte ich neugierig.

Das Misstrauen aus Marcos' Gesicht war nicht mehr wegzuwischen.

106

„Hat die Familie Wurzeln in Portugal?" Ich ließ nicht locker.

„Ja", antwortete Marcos trocken. „Die momentane Regierungspräsidentin geht zurück auf eine Familie in Portugal."

„Wie heißt die Präsidentin?", wollte ich wissen.

Unschlüssig nahm Marcos das Klemmbrett in die Hände und wirkte, als wollte er am liebsten gehen.

„Lia Fonseca", sagte er dann langsam.

Mein Herz schien für einen Moment still zu stehen.

Er hatte eindeutig den Namen Fonseca gesagt! Das war ja kaum zu glauben!

„Lia Fonseca?", fragte ich und spürte, wie Hitze in mir ausbrach. „Ist sie verwandt mit Luna Fonseca? Dieser Umweltschützerin?"

Marcos nickte zögernd. „Ja, sie ist eine Ururururenkelin. Seit letztem Jahr hat sie den Regierungsposten von ihrer Tante Mara übernommen. Sie regieren unseren Kontinent seit 2101. Warum sind Sie so neugierig?"

Sollte das möglich sein? Eine Nachfahrin von Luna regierte Afrika?!

„Marcos", sagte ich entschlossen. „Ich muss zu ihr. Sagen Sie Ihrer Chefin, ich meine, Lia, dass ich unbedingt mit ihr reden muss."

Marcos lachte laut. Dann wurde er schnell wieder ernst. „Ronan, was ist mit Ihnen? Erst tun Sie so, als würden Sie nur Musik hören wollen und jetzt fordern Sie ein Gespräch mit der Regierung! Ich denke, Sie ruhen sich jetzt erst einmal aus, gleich gibt es Abendessen und morgen früh hole ich Sie ab und zeige Ihnen Ihre Wohnung."

Und er wandte sich zum Gehen.

„Nein", rief ich entrüstet. „Ich muss sie sofort sehen! Es geht um das Leben aller Menschen!"

Aber Marcos ging schon weg, winkte kurz, dann hatte er den Raum verlassen.

08.09.2071

Ich lag unter dem Gestrüpp.

Die Sonne brannte vom Himmel. Es war selbst nachts unerträglich heiß, es kühlte einfach nicht mehr ab.

05.06.2298

Selbstverständlich verbrachte ich den ganzen Abend und auch die ganze Nacht damit, über die Aussagen von Marcos zu grübeln. Es war doch kaum zu glauben, dass ich zuerst ausgesetzt wurde, dann von hilfsbereiten Menschen aufgenommen wurde und nun in eine fremde Gesellschaft eingegliedert werden sollte.

Das Abendessen baute meine Vorurteile gegen den fremden Kontinent aber erstaunlicherweise ab: es war einfach ein köstliches Essen, ein Gemisch aus Kartoffeln und Gemüse mit Fladenbrot. Es schien mir, als wäre in meinem Gaumen ein freudiges Feuer ausgebrochen. Wo hatten sie diese guten

108

Lebensmittel her? Das schmeckte gar nicht künstlich. Kein Vergleich mit der schrecklichen Marmelade!

Während meine ehemaligen Mitpassagiere aus dem Flugzeug in der Nacht vor sich hin schnarchten, lauschte ich in die dunkle Stille und fragte mich, wie ich Marcos dazu bringen konnte, dass er mich mit dieser Lia bekannt machte.

Welche Argumente würden ihn überzeugen können? Sollte ich ihm das Notizbuch zeigen, damit er den Namen von Luna sah und mich damit zu Lia ließ? Aber er würde es mir sicher abnehmen, es war doch viel zu kostbar, dass ein Typ wie ich es in den Händen haben durfte! Nein, ich musste es anders schaffen.

Seufzend zog ich das Notizbuch aus der Tüte, die immer noch unter meinem Kopfkissen lag. Wie lange würde es dauern, bis ich es komplett übersetzen könnte? Ich müsste ein Wörterbuch finden oder Zugang zum Internet, wo ich die Wörter nachschlagen konnte. Aber wenn Afrika sich entdigitalisierte, dann würde es doch nirgendwo einen Computer mit Internetzugang geben! Unfassbar, welches Land würde sich denn freiwillig vom Internet abkapseln? Das war doch ein Schritt in die Vergangenheit. Ich musste morgen mit allem rechnen. Sie würden mich vielleicht in einer Pferdekutsche durch die Straßen fahren oder mich in einer Höhle einquartieren. Vielleicht war das dann meine neue Wohnung.

19.04.2085

Ich lag unter dem Gestrüpp.

Die Sonne brannte vom Himmel. Mit ihr brannten am Horizont einige Hügel und Dörfer. Ein Meer aus Flammen wallte auf.

06.06.2298

Vielleicht hatte ich nur eine Stunde geschlafen, aber als das erste Licht durch die Fenster im Saal fiel, war ich hellwach und zog meine Klamotten vom Vortag an. Marcos hatte mir gestern einen einfachen Schlafanzug (eine Art langes T-Shirt) gegeben, in dem ich mir wie ein Patient vorkam.
Als ich die anderen alle in ihren Betten liegen sah, wurde mir ganz anders. Ich war in einer Irrenanstalt, sicherlich. Ich leidete an Halluzinationen, ich hatte mir alles eingebildet. Als wenn es eine Portugiesisch sprechende Präsidentin gab, als wenn ich das Notizbuch tatsächlich in den Händen hätte!

Ich schaute nach. Es war noch da. Also hatte ich doch nicht fantasiert.

Während des Frühstücks kam Marcos zu mir, ich nahm ihn erst wahr, als er direkt an meinem Bett stand. Ich betrachtete gerade staunend den wunderschönen roten Apfel, der auf dem Teller lag. Wie hatten sie das hinbekommen?

„Herzlichen Glückwunsch zum Geburtstag, lieber Ronan!" Marcos strahlte mich an und legte kurz eine Hand auf meine rechte Schulter.

Ich zuckte zusammen und erschrak bei seinen fröhlichen Worten. Mir wäre es lieber gewesen, er hätte es vergessen, dass ich Geburtstag hatte.

„Danke", murmelte ich und aß mein Brot auf (unfassbar gut!).

„Haben Sie gut geschlafen?", wollte Marcos wissen.

„Nein", sagte ich unwirsch.

„Oh, das ist schade. Ich denke, Sie brauchen einfach Ihr eigenes Zimmer, damit Sie sich erholen können." Marcos klang unbekümmert. „Kommen Sie, nehmen Sie den Apfel, wir können schon losgehen."

Ich wurde nervös. Was, wenn er jetzt fragen würde, was ich mit der Tüte vorhatte? Die musste doch mit!

Ich griff unters Kopfkissen und zog sie langsam hervor. Dann steckte ich den Apfel hinein und stand vom Bett auf.

„Okay, dann gehen Sie mal vor", sagte ich mit rotem Kopf.

Marcos starrte die Tüte an und bewegte sich nicht.

„Was haben Sie da? Eine alte Plastiktüte?", fragte er erstaunt.

Ich nickte. „Ja, hab ich gefunden, fand ich schön." Oh, meine Güte, dachte ich entsetzt. Was erzählte ich da?! „Ich...äh, ich brauche schließlich eine Tasche für meine persönlichen Sachen und so."

Marcos schaute mir in die Augen. „Aha."

Für einen Moment sagte keiner von uns etwas, dann drehte er sich um und ging zur Tür. Ich folgte ihm ohne noch jemanden anzugucken. Wir verließen das Gebäude und standen auf einer kleinen Straße. Gedämpftes Sonnenlicht traf mich, ich schaute in den blauen, wolkenlosen Himmel. Aber er war nicht so klar, es war ein anderes Blau als das, was ich kannte. Am Straßenrand erblickte ich – man glaubt es kaum – Bäume!

Ich blieb wie angewurzelt stehen, atmete tief ein und fragte dann: „Marcos, sind das echte Bäume?"

Marcos nickte stolz. „Ja, echte Bäume!"

Ich ging eilig zu einem hin, berührte seine Borke. Sie war von tiefen Rissen durchfurcht und meine Finger tasteten ihre Linien entlang. Es schien mir, als würde mein Tastsinn erwachen. Eine Gänsehaut legte sich über meine Haut.

„Das ist der erste echte Baum, den ich sehe. Ich habe nur Fotos gesehen." Ich schaute mich zu Marcos um. „Wie habt ihr das geschafft? Wie können hier Bäume wachsen?"

Und mir fiel auf, dass es bei Weitem nicht so heiß war, wir standen ohne Schutzanzug auf einer Straße! Das musste doch gefährlich sein, diese UV-Strahlen.

Er lachte laut. „Tja, das ist das Ergebnis eines ausgeklügelten Systems! Wir haben es hier mit einem klimatisierten Kontinent zu tun!"

25.08.2101

Ich lag unter dem Gestrüpp.

Die Sonne brannte vom Himmel. Die Stadt war still. Seit Jahren war nichts mehr zu hören.

06.06.2298

Ich musste an die klimatisierten Hallen für die Elite auf meinem alten Kontinent denken. Dort war es uns verwehrt gewesen einzutreten.

„Wie kann das funktionieren, ein komplett klimatisierter Kontinent?", fragte ich verwirrt und Marcos winkte mir, damit ich ihm folgte und nicht weiter den Baum anstarrte.

„Los, ich kann Ihnen unsere Welt ein bisschen zeigen", meinte er geschäftig. „Wir sind nämlich der Meinung, dass alle in unserer Gesellschaft vor den Klimaauswirkungen geschützt werden sollen. Nicht so wie es bei euch läuft, dass nur die Elite Zugang zu Schutz und besserer Versorgung hat." Marcos warf mir einen vielsagenden Blick zu. „So etwas wäre für uns unvorstellbar, dass wir einen Teil der Gesellschaft nach draußen in eine unerträgliche Hitze schicken, der für uns die Drecksarbeit macht. Oder dass wir die CO_2-Schulden berechnen. Wir kennen das Schuldenprinzip nicht.

Dank der Familie Fonseca haben wir eine funktionierende und faire Politik, die die Werte der Gemeinschaft in den Vordergrund stellt."

„Aha", erwiderte ich und betrachtete die kleinen weißen Häuser, an denen wir vorbeiliefen.

Immer wieder trafen wir auf Menschen, die Gemüse und Obst in Körben trugen oder Kinder, die zusammen spielten. Mir kam es so unwirklich vor. Soziales Miteinander, Spielen und das unbekümmerte Gehen durch eine Stadt. Auf unserem Weg sah ich viele Sträucher, Bäume und dann, mir stockte fast der Atem, Schmetterlinge und Bienen!

Ich bückte mich und beobachtete die Insekten in den Blumenbeeten vor einem Haus.

„Wie ist das möglich?", flüsterte ich und streckte die Hand nach einer Blume aus, auf der ein Schmetterling saß. Der schillerte in hellem Gelb und flatterte eilig davon, als mein Schatten auf ihn fiel.

Marcos beobachtete mich eine Weile, dann rief er: „Los, Ronan, ich muss mich auch noch um andere Eingliederungen kümmern. Ich zeig' Ihnen jetzt Ihre Wohnung und dann können wir ein anderes Mal die Natur erkunden. Oder das, was wir davon retten konnten."

Ich beeilte mich, hinter ihm herzukommen. Ich musste mir jetzt echt was einfallen lassen, wie ich ihn dazu bringen könnte, mich zur Präsidentin zu führen.

Marcos stoppte vor einem beigefarbenen Haus an einem kleinen Platz, auf dem ein dicker alter Baum stand, drumherum eine Bank gezogen. Darauf hatten sich ein paar ältere Leute niedergelassen. Sie nickten uns zu und starrten mich an, während Marcos die Haustür aufschloss.

„So, da wären wir, Ihre Wohnung ist im ersten Stock."
Marcos ging vor und ich hinterher.

01.09. 2152

Ich lag unter dem Gestrüpp, das mittlerweile keine Blätter mehr hatte.

Die Sonne brannte vom Himmel.

06.06.2298

Die Wohnung war unglaublich gemütlich eingerichtet, sie verfügte über ein Schlafzimmer, ein Bad und eine kleine Küche, dabei ein Minibalkon. Ich war überwältigt.

„Marcos, sind Sie sicher, dass ich so eine Wohnung verdient habe? Wie hoch soll die Miete bitte sein? Ich habe doch gar keine Arbeit, ich meine...", stotterte ich und umklammerte meine Plastiktüte.

Wie sollte ich denn so eine Wohnung bewohnen, ich hatte doch gar nichts! Keinen Koffer, keine Klamotten. Keine Bücher oder so etwas. Mit Schrecken dachte ich daran, dass ich gar nicht kochen konnte. Wie sollte ich mich überhaupt in einer Küche verhalten?

Marcos schaute in mein Gesicht und musste lächeln. Er konnte vermutlich Gedanken lesen.

„Ronan, jetzt atmen Sie mal durch und machen Sie sich keine Sorgen. Sie brauchen keine Miete zahlen, es gibt nämlich gar kein Geld bei uns!"

„Wie bitte?", fragte ich verwirrt. Das wurde ja immer bunter!

„Ronan, wie ich bereits erwähnte, habe ich nicht viel Zeit. Sie sollten sich jetzt ausruhen und schauen Sie mal in der Küche nach, da gibt es jede Menge frischer Lebensmittel."

Er wies auf eine Schale mit Obst und Gemüse. Dann fiel sein Blick auf die Plastiktüte.

„Ronan, was auch immer Sie in dieser Tüte haben, diese Tüte sieht aus wie die, nach der Sie alle auf dem Alten Kontinent gesucht haben."

In mir wallte eine große Hitze auf und ich bekam sicherlich rote Flecken im Gesicht.

„Welche Tüte meinen Sie?", brachte ich stockend hervor.

„Na, die, nach der Sie alle gesucht haben, weil Sie die Rezeptur zur Heilung aller Leiden haben wollten. Das wurde uns von anderen Ankömmlingen, die auf dem Alten Kontinent gelebt haben, bereits mehrfach berichtet." Die Stimme von Marcos klang ruhig, aber bestimmt.

Ich schluckte. Was sollte ich jetzt sagen? Abstreiten konnte ich die Suchaktion ja nicht und die Tüte war in meiner Hand. Vielleicht war es besser, wenn ich ihm die Wahrheit sagte. Und ich würde wissen, woran ich wirklich war und ob diese angeblich so toleranten Leute hier mich jetzt nicht gleich einkerkern und mir das Notizbuch entreißen würden.

„Okay, Marcos, ich werde Ihnen zeigen, was in der Tüte ist. Aber Sie erfüllen mir meinen einzigen Wunsch, den ich

116

habe. Ich möchte diese Lia Fonseca treffen", sagte ich schließlich langsam und packte die Tüte mit beiden Händen.

Marcos' Augen verengten sich. „Was soll das, Ronan? Spielen Sie mit mir?"

„Nein, ich mache Ihnen ein Angebot. Ich werde die Tüte vor den Augen von Lia Fonseca und Ihnen öffnen. Dann werden Sie beide sehen, was drin ist", entgegnete ich und fasste wieder Mut. Ich hatte ihn in der Hand!

„Ronan, lassen Sie das. Wollen Sie uns drohen?"

„Nein, ich habe nur etwas, das von Bedeutung für die Menschheit und insbesondere die Familie Fonseca ist."

„Was soll das sein, bitte? Wollen Sie mir damit sagen, dass Sie tatsächlich genau diese Tüte in den Händen tragen, und darin ist das lang gesuchte Notizbuch von Luna?" Marcos starrte mich durchdringend an.

Er war wirklich gut informiert.

Ich zuckte die Schultern. „Vielleicht."

31.07.2229

Ich lag auf der Erde.

Die Sonne brannte vom Himmel. Das Gestrüpp war etwas in sich zusammengesunken.

06.06.2298

Marcos schloss sich im Bad ein und telefonierte. Wir hatten uns minutenlang angeschaut, keiner hatte ein weiteres Wort gesagt und darauf gewartet, dass der andere nachgab. Und schließlich hatte Marcos langsam genickt und gemeint, dass er ein Telefonat führen müsste.

Mit mulmigem Gefühl setzte ich mich an den Küchentisch und berührte vorsichtig einen Pfirsich, der in der Schale lag. Ich fühlte seine samtene Haut. Wie konnte es so etwas Schönes geben? Ich hätte sofort in ihn hinein gebissen, wenn ich nicht so nervös gewesen wäre. Jetzt würden sie mich vielleicht doch einkerkern, wie konnte ich Marcos vertrauen? Als wenn sie einen einfachen Typen, der von einem anderen Kontinent kam und eine Plastiktüte als Gepäckstück dabei hatte, zu einer Regierungspräsidentin lassen würden?

„Okay, Ronan, Sie haben eine Stunde Zeit. Gehen Sie bitte duschen, Sie finden neue Anziehsachen auf dem Bett und dann warten Sie hier auf mich. Ich muss einen Wagen holen", sagte Marcos, als er wieder in der Küche stand. „Stellen Sie keine Fragen, warten Sie einfach hier auf mich, ja?" Er wandte sich zur Tür und beachtete mein verwirrtes Gesicht nicht weiter. „Bis gleich."

Ich konnte nichts mehr sagen, er war schon verschwunden.

Im ersten Moment dachte ich, dass ich fliehen sollte, einfach raus aus dieser Wohnung. Damit sie mich nicht mehr finden konnten. Doch was sollte das bringen? Ich war auf einem fremden Kontinent, ich kannte niemanden und ich würde doch auffallen, ich war ein Fremder. Ich musste Marcos wohl oder übel vertrauen, ich musste zu dieser Lia und ich brauchte ihn dazu. Wenn ich mich schon duschen sollte, dann war das ein Hoffnungsschimmer auf ein Treffen mit jemanden, eventuell einer Regierungspräsidentin!

Fast auf Zehenspitzen betrat ich die Dusche und konnte es kaum glauben, dass es mir vergönnt war, meinen Schweiß abzuwaschen. Ich hatte danach das Gefühl, neu geboren zu sein. Aber die Klamotten waren nicht so wirklich modisch, es gab eine weite Leinenhose und dann ein grünes Hemd. Ich schaute in den Spiegel und fragte mich, ob mir der Schutzanzug nicht besser gestanden hatte.

Ich saß wieder am Küchentisch. Die Minuten krochen voran, die Tüte lag auf dem Tisch und ich schaute sie nachdenklich an. Sie musste sehr alt sein. Wann hatte es Plastiktüten in diesen Supermärkten gegeben? Es war schon lange her.

Schließlich traf Marcos nach exakt einer Stunde wieder bei mir ein. Er kam eilig in die Küche und sah mich an. Mein

119

Anblick ließ ihn innehalten. Auf seinem Gesicht spielten verschiedene Gedanken und er brauchte einen Moment, bis er sich wieder gefangen hatte.

„Gut, Ronan, es ist kaum zu glauben, dass Sie so anders aussehen." Er nickte. „Kommen Sie mit, wir haben keine Zeit zu verlieren."

Ich fasste die Plastiktüte und stand auf. „Wohin fahren wir?"

Marcos antwortete nicht direkt, als er die Treppe hinunterlief. „Das kann ich nicht sagen."

Ich trat auf die Straße und erblickte – eine Kutsche mit einem dunklen Pferd.

„Was...", stammelte ich und schaute den Kutscher an, der unbeteiligt auf seinem Sitz hockte.

Er nickte mir nur zu.

„Marcos, wollen Sie mir sagen, dass es hier Pferdekutschen gibt? Haben Sie keine Elektroautos?", rief ich und trat näher.

Hatte ich also Recht gehabt!

Das Pferd hob den Kopf.

Marcos lachte. „Wer braucht denn Autos, wenn er Tiere hat? So lässt es sich bequem und umweltfreundlich reisen. Los, steigen Sie ein."

Ich war gefangen vom Anblick des Pferdes. Es schüttelte seine Mähne und seine Nüstern waren gebläht. Konnte es so etwas tatsächlich geben, so ein majestätisches Tier? Ich dachte an die alten Filme, die ich als Kind gesehen hatte, wo es um den ehemaligen Wilden Westen in den USA gegangen war. Und jetzt ein Pferd hier vor meiner Nase.

„Kommen Sie, Ronan." Marcos öffnete die Tür der Kutsche und stieg ein.

120

Widerwillig folgte ich seinem Befehl und kletterte in die Kutsche, die kein Verdeck hatte.

„So, halten Sie sich gut fest." Marcos zog ein Tuch aus der Tasche. „Ich muss Ihnen jetzt die Augen verbinden, Sie dürfen nicht sehen, wo und wohin wir fahren." Und bevor ich noch protestieren konnte, hatte er mir das Teil um den Kopf gebunden.

„Hey, nicht so stramm!", rief ich, da rollte die Kutsche schon los. Das Getrappel der Pferdehufe erklang und ich klammerte mich mit einer Hand an meinem Sitz fest.

„Wehe, Sie reißen die Binde ab, dann muss ich Ihnen auch die Hände verbinden", hörte ich Marcos neben mir und ich spürte, wie er seine Hand auf meinen linken Arm drückte.

Krampfhaft hing die Tüte in der anderen Hand.

Bloß nicht hergeben! Wenn sie sie mir jetzt nur nicht klauen würden!

18.10.2256

Ich lag auf der Erde.

Die Sonne brannte vom Himmel.

06.06.2298

Die Fahrt schien mir unerträglich lang und es war absolut nicht angenehm, mit verbunden Augen zu fahren. Irgendwie wurde mir schlecht und als wir endlich aussteigen konnten, wankten meine Beine.

Marcos führte mich mit immer noch verbundenen Augen in ein Gebäude, schob mich vor sich her und drückte mich schließlich in einen Sessel.

Dann öffnete er den Knoten im Tuch und löste meine Augenbinde.

„Puh, ich weiß echt nicht, warum das nötig war", murrte ich und blinzelte, weil ich vom plötzlichen Licht geblendet war.

Ich spürte die Tüte in meiner schwitzigen Hand, wischte mir über die Augen und schaute hoch.

Ich erblickte einen Schreibtisch, dahinter saß ein dunkelhaariges Mädchen, vielleicht gerade 20 Jahre alt. Sie betrachtete mich neugierig und lehnte sich vor, stützte ihre Arme auf der Schreibtischplatte ab.

Ich runzelte die Stirn. Was sollte das, wo war ich nur gelandet? Mit argwöhnischem Blick nahm ich den Raum in Augenschein, in dem wir uns befanden. Es war wie ein Kinderzimmer, so kam es mir vor! Ein Sofa, Bücherregale und allerlei anderes Zeug. An den Wänden hingen Bilder von irgendwelchen Leuten, ich erkannte auf einem einen Gitarristen. Ich blinzelte wieder und schaute noch mal hin. War das nicht Brian May von Queen? Wie konnte das sein? Wollten sie mich veräppeln? Luca hatte mich einfach ausgesetzt und testete meine Intelligenz, wie weit ich diesen ganzen Quatsch glauben würde!

Das Mädchen folgte meinem Blick und musste lächeln. Ich spürte, dass Marcos hinter mir stand.

„Hallo, Ronan", sagte das Mädchen schließlich. „Wie können wir dir helfen?"

„Hallo", erwiderte ich nur und wandte mich genervt zu Marcos um. „Marcos, was soll das hier?" Ich stand auf. „Wir hatten einen Deal."

Marcos nickte beruhigend. „Ja, Ronan, alles in Ordnung. Ich habe meinen Teil erfüllt. Jetzt zeigen Sie uns die Tüte und was drin ist."

Misstrauisch schaute ich erst ihn an, dann das Mädchen. Sie hatte eine auffällige Adlernase, die sie älter wirken ließ, als sie wohl wirklich war.

Keiner sagte ein Wort.

Das Mädchen erhob sich langsam und streckte mir die Hand aus. „Okay, ich habe mich nicht vorgestellt. Ich bin Lia Fonseca. Freut mich."

Ich wusste, dass das nur ein Witz sein konnte. Welche Regierungspräsidentin empfing ihre Gäste in einem Zimmer, das aussah wie das eines jungen Mädchens? Und war so jung?

„Also, das kann ja jeder behaupten", meinte ich und verschränkte die Arme.

„Ich kann es jedenfalls behaupten", entgegnete sie und hielt mir ihre Hand weiter hin.

Ich schaute sie an, als wäre es eine Schlange und stand auf. „Das könnte euch so passen, mit mir einfach zu spielen und mein Vertrauen auszunutzen", rief ich und ging zur Tür.

„Ronan", Marcos kam zu mir. „Sie scheinen falsche Vorstellungen vom Regieren zu haben. Muss man dafür in einem Palast wohnen?"

Natürlich nicht. Aber das war doch einfach lächerlich. Ich drückte die Klinke herunter. Die Tür war abgeschlossen.

„Die Tüte", wiederholte Marcos gelassen. „Sie wollten uns den Inhalt der Tüte zeigen."

Meine Gedanken ratterten und ich hatte keinen Schimmer, wie ich aus dieser Situation wieder herauskam. „Ich werde niemandem etwas zeigen, solange ich keine Beweise habe, dass es sich um die echte Lia handelt."

„Okay, dann zeig' ich dir meinen Ausweis!" Ohne ein weiteres Wort kramte das Mädchen in einer Tasche und zog ihr Portemonnaie heraus. Ihren Personalausweis legte sie auf den Schreibtisch.

Ich zuckte die Schultern. „Kann doch gefälscht sein. Deshalb haben wir alle einen Chip zum Auslesen. Hast du keinen Chip?"

Da fing sie laut zu lachen an und es erschütterte mich bis ins Mark, dieses Lachen. Es klang frei und unbekümmert und das hatte ich noch nie gehört. Wer konnte so lachen?

Sie lehnte sich in ihrem Stuhl zurück und verschränkte die Arme. „Okay, Ronan, dann werden wir jetzt hier sitzen und warten, bis du dich anders entschieden hast. Ich habe Zeit. Du wahrscheinlich auch."

In mir kochte Wut auf und ich stürmte zum Schreibtisch. „Ich habe absolut gar keine Zeit! Niemand von uns hat Zeit! Der Asteroid sollte schon längst auf die Erde getroffen sein,

124

wir aber rennen hier ahnungslos durch die Straßen und gleichzeitig muss die Menschheit von ihren Krankheiten befreit werden, alle brauchen dieses Heilmittel…", fuhr ich sie wild an und sie unterbrach mich ruhig: „Der Asteroid wird nicht kommen."

Einen Moment starrte ich sie verdutzt an.

Dann meinte ich gehässig: „Nun, ihr seid wahrscheinlich noch nicht informiert, ihr habt ja auch kein Internet. Wie sollt ihr dann den Himmel beobachten können?"

Das Mädchen kniff den Mund zusammen. „Sehr wohl beobachten wir den Himmel, besser als du denkst. Sie haben euch angelogen, eure Regierung. Es gibt keinen drohenden Asteroiden 666 oder wie sie ihn genannt haben. Wenn du mir nicht glaubst, komm mit, ich kann uns mit dem Weltraumbüro verbinden."

Entschlossen stand sie auf und nahm einen Telefonhörer von einer Anlage auf ihrem Tisch.

Sie tippte ein paar Ziffern und sagte dann schnell: „Ja, hallo, Mick. Lia hier. Könnte ich zu euch kommen? Habt ihr gerade Zeit?" Ungläubig verfolgte ich die Szene und hörte, wie sie dann antwortete: „Ja, super, danke euch. Bis gleich."

Sie legte auf und sagte zu mir: „Gut, Ronan, wir können das Weltraumbüro besuchen."

125

19.12.2278

Ich lag auf der Erde.

Die Sonne brannte vom Himmel.

06.06.2298

Marcos schloss die Tür auf und ich folgte ihm und Lia aus dem Zimmer in einen kleinen Gang. Die Wände waren hellblau gestrichen und ich erhaschte einen Blick in eine kleine Küche am Ende des Ganges. Eine Frau stand am Herd und hantierte dort.

Ein Teil von mir wollte das alles glauben und sagte, ja, Ronan, das muss Lia sein, wenn sie sogar ein Weltraumbüro in ihrem eigenen Haus hat. Der andere Teil wehrte sich vehement gegen diese Situation und wäre gerne geflohen. Es war wie in einem Film, wo man nicht mehr wusste, ob man noch Herr des Geschehens war oder einfach ein Statist.

Lia tippte auf einem Display an einer Tür einen Code ein und sie trat in einen großen Raum. Die Ausmaße dessen, was sich hinter dieser einfachen Tür verbarg, verschlugen mir die Sprache. Ähnlich wie nach meiner Festnahme nach der Drohne erblickte ich riesige Bildschirme, Computer, alles ratterte und lief, Zahlen, Koordinaten. Drei Personen hockten in Sesseln vor den ganzen Apparaturen und schauten hoch, als wir erschienen.

„Hi, Leute", sagte Lia.

Ein dünner Typ mit Halbglatze kam uns entgegen.

„Ich habe Besuch vom Alten Kontinent, ein Gestrandeter wieder mal, sein Name ist Ronan." Sie wies auf mich und der Mann gab mir die Hand.

Anscheinend war hier das Händeschütteln an der Tagesordnung und ich hätte mir am liebsten sofort die Hände gewaschen.

„Mick, hallo", sagte der Mann freundlich und wies mit der Hand auf ein paar Stühle an einem Tisch. „Setzt euch doch."

Etwas steif nahm ich Platz und legte die Tüte in meinen Schoß. Mick schaute mich neugierig an und blieb mit seinem Blick an der Tüte hängen.

„Mick", begann Lia und legte ihre Hände auf den Tisch. „Könntest du unserem Gast Ronan bitte die aktuelle Weltraumlage erklären?"

Mick lachte laut auf. „Was soll das heißen?"

„Nun, er berichtet, wie auch die anderen Gestrandeten es regelmäßig tun, dass ein gewisser Asteroid 666 erwartet wird oder wurde. Er sollte bereits vor ein paar Tagen die Erde treffen. So wird es den armen Leuten dort seit vielen Jahren vorerzählt. Bitte berichte Ronan doch, wie es sich wirklich verhält." Lia warf mir einen besorgten Blick zu. „Für die meisten ist dies ein Schock, aber du solltest die Wahrheit wissen."

Ich runzelte nur die Stirn. Was sollte dieses Gerede? Der Asteroid war schließlich genau berechnet worden! Wir hatten dafür trainiert, wir hatten unser Leben danach ausgerichtet.

„Ah, ich verstehe." Mick nickte, lehnte sich in seinem Stuhl zurück und begann ohne Umschweife. „Nun, die Regierung des Alten Kontinents, also Ihr Zuhause, werter Herr Ronan, hat sich diese Schreckensnachricht ausgedacht, um sich selbst vom Acker zu machen. Es gibt keinen Asteroiden, der in nächster Zeit unseren Planeten treffen wird." Er sagte es, als würde er uns sagen, was er für das Mittagessen gekocht hätte.

Mein Verstand setzte aus. Wie konnte er so etwas behaupten?!

„Wie können Sie sich da sicher sein?" Ich flüsterte fast. „Woher wollen Sie das wissen?"

Mick stand auf. „Okay, kommen Sie mit, bitte. Ich zeige Ihnen den Radar, den wir 24 Stunden beobachten."

Er winkte mich zu einem Bildschirm, ich folgte widerwillig. Die anderen beiden schlossen sich an.

„Hier sehen Sie die unmittelbaren Umlaufbahnen anderer Planeten in unserem Sonnensystem. Wir können auf diesem Radar alles sehen, was die Erde bedrohen könnte. Und es gibt weit und breit keinen Asteroiden. Meinen Sie, wir säßen sonst hier untätig herum?", fragte Mick. „Die Regierung Ihres Kontinents hat einen miesen Trick angewendet, um Sie durch Angst gefügig zu machen." Er hielt inne und sah Lia vielsagend an.

Die Zeit schien still zu stehen.

Misstrauisch betrachtete ich die Gesichter von Lia, Mick und Marcos. Sie schauten ernst aus.

Ich schluckte hart und in mir dämmerte es langsam, dass sie mir nur die Wahrheit sagen wollten – und konnten. Schließlich kannte ich nur diese eine Wahrheit meiner Regierung, das, woran wir alle geglaubt hatten. Wir hatten schließlich keine anderen Nachrichten empfangen können. Woher auch? Der Verbotene Kontinent war für uns tabu und der ehe-

128

malige amerikanische Kontinent abgeschrieben. Wer hatte je gedacht, dass dort noch Leben möglich war? Meine Knie wurden ganz schwach und für einen Moment dachte ich, ich müsste mich auf den Boden legen.

Ich atmete tief durch und fragte dann: „Und wie könnt ihr hier ohne Schutzanzüge leben? Warum geht es euch besser als uns?"

03.06.2298

Ich lag auf der Erde.

Die Sonne brannte vom Himmel.

Ein Geräusch ließ mich zusammenzucken und nur mühsam kehrte mein Bewusstsein in die wirkliche Welt zurück. Wer war ich? Immer noch eine Tüte oder schon zersetzt, vielleicht Mikroplastik?

Es schien mir, als würden meine Fasern komplett versagen, als ich mich konzentrierte und all meine Kraft zusammennahm. Ich erblickte ein Lebewesen in einem weißen Anzug! Was war nur los?

Es sprach mit sich selbst, es beugte sich plötzlich über mich und sein Gesicht hinter der Glasscheibe war kaum zu erkennen. Nur ein paar große Augen starrten mich an und ich war wie versteinert. Wer konnte das sein? Eine neue Spezies, die den Planeten eroberte?

Ich spürte, wie das Lebewesen (oder sollte es eine Maschine sein?) mich ertastete und in mich hineinschaute. Der Anblick ließ das Wesen verharren.

Ich starrte es an, es vergingen die Minuten. Oder waren es Stunden? Ich hatte kein Zeitgefühl.

Dann zog es das Notizbuch höchst vorsichtig heraus, starrte es wiederum an. Ich starrte zurück. Das Buch war noch ziemlich gut erhalten. Erstaunlich. Wie viel Zeit war denn nur vergangen? Ich hatte keinen Gedanken an das Buch gehabt. Das Wesen regte sich schließlich und öffnete das Notizbuch, als würde es ihn gleich anspringen. Dann verharrte es wieder und nichts passierte.

Das Ganze erschien mir äußerst seltsam und ich wurde ungeduldig. Da aber packte das Wesen mich und das Notizbuch und schleppte uns ein paar Meter weiter, ließ sich im dürftigen Schatten einiger Sträucher nieder. Dann fasste es wieder nach dem Buch und öffnete es. Einige Zeit las es, blätterte die Seiten um.

Auf einmal ging alles rasend schnell. Von oben fiel ein Schatten auf uns. Ein sirrendes Teil hing in der Luft und ich spürte, wie das Wesen neben mir komplett erstarrte. Angstvoll blickte ich nach oben und hörte eine blecherne Stimme, wie es immer wieder forderte, in einen Bunker zu gehen. Schließlich fasste das Wesen das Buch, schob es in mich hinein und ohne, dass ich weiter nachdenken konnte, landete ich in seinem weißen Anzug! Mir verschlug es Sicht und Atem, es war furchtbar warm. Ich rutschte ruckartig nach unten, blieb auf Gürtelhöhe hängen und da war ich nun – am Körper eines fremden Wesens. Ein dünnes Wesen, ich klatschte gegen seinen flachen Bauch. Ich spürte, wie es sich erhob, rasend schnell loslief und ich hüpfte hin und her.

130

06.06.2298

„Unser Kontinent ist klimatisiert, wie ich bereits erwähnt hatte", meinte Marcos zu mir. „Mit Hilfe eines ausgeklügelten Systems wird unser Kontinent durch eine Art Dach gegen die Sonne abgeschirmt und darunter findet unser Leben statt. Wir müssen die Luft hier frisch und sauber halten, dafür haben wir große Ventilatoren, betrieben durch Sonnenenergie." Er sah zu Lia und räusperte sich. „Lia, ich habe nicht viel Zeit für weitere Gespräche. Die Gestrandeten, du weißt, gestern ist eine große Maschine angekommen, sie müssen alle noch eingegliedert werden."

Lia nickte ruhig. „Ja, klar. Dann werde ich Ronan alles Weitere erklären und vielleicht wird er uns in sein Geheimnis einweihen." Sie lächelte mich und die Tüte an.

Mick ging zurück an seinen Computer und ich folgte Lia und Marcos in den Flur. Dort übergab Lia Marcos noch ein paar Dokumente und Marcos legte mir kurz die Hand auf die Schulter.

„Leben Sie sich gut ein, wir sehen uns bald wieder." Er schaute wieder auf die Tüte in meiner Hand und meinte: „Ich habe meinen Teil des Deals erfüllt."

Ich antwortete nicht. Mein Kopf war voll von unbekannten Eindrücken und Gedanken. Marcos verließ das Haus.

Mir wäre es lieber gewesen, dass mir die Leute hier bestätigt hätten, dass der Asteroid noch kommen würde, als dass es ihn gar nicht gab. Vor meinem inneren Auge schwebten

131

Luca und seine elitären Leute im Weltall, tranken Wein und lachten über die Menschen, die ängstlich in ihren Bunkern hockten. Eine gewaltige Wut kochte in mir auf, ich musste tief durchatmen, damit ich die Tür von Lias Zimmer nicht direkt in meinen Händen zertrümmerte, als ich sie hinter mir schloss.

Lia nahm wieder hinter ihrem Schreibtisch Platz und deutete auf den Stuhl vor diesem.

„Hier, Ronan, setz dich doch. Dann kann ich dir erzählen, wie wir unser Leben führen und du sagst mir, warum sie dich in ein Flugzeug gesetzt haben." Ihre Stimme klang wirklich interessiert und besorgt, sodass ich ihrer Aufforderung folgte und Platz nahm.

Ich fingerte an dem Tragegriff der Tüte herum und überlegte, ob sie nicht schon längst wusste, was in der Tüte war.

„Nun, du hast gefragt, warum wir es geschafft haben, so gut zu überleben bei den klimatischen Bedingungen." Lia runzelte leicht die Stirn. „Dank meiner Familie, die Fonsecas, haben wir uns schon immer mit dem Klimawandel beschäftigt und früh begonnen, mit Wissenschaft und Technik zusammen zu arbeiten. Meine Vorfahrin Luna hat in Europa versucht, die Politik so zu gestalten, dass sie alle an einem Strang ziehen, dass es dadurch gar nicht erst zu einem Klimawandel mit extremen Ausmaßen kommt. Doch dieser Prozess hat zu lange gedauert, die Menschheit war zu langsam. Als Luna gerade 30 Jahre alt war, gab es in Europa so gut wie keine Winter mehr, es war im Sommer unglaublich heiß und die Menschen flohen vor Dürre. Auch aus ihrem Land Portugal. Luna gründete Hilfsprogramme für den Klimaschutz in vielen afrikanischen Ländern und vermittelte Wissen. Während andere Länder sich von Afrika abwandten,

132

brach Lunas Partei Tabus und entsandte Material und Know-How nach Afrika." Lias Augen schauten ernst, während sie redete und es schien mir, als würde sie eine alte Geschichte erzählen, die ihr viel bedeutete.

Die Tüte vor mir konnte dabei das Puzzleteil sein, was Lia jetzt noch fehlte, damit ihre Geschichte komplett wurde.

Lia fuhr fort: „Und durch diese Arbeit ist Luna nach ihrer aktiven Zeit als Politikerin – du weißt sicherlich, dass sie in Portugal lange regiert hat – in Afrika in die Politik als Beraterin eingestiegen und hat es durch ihre Verdienste geschafft, dass meine Familie die nachfolgenden Regierungsposten besetzt hat. Und alle meine Vorgängerinnen, immer sehr jung ins Amt gewählt, konnten hier auf diesem Kontinent diesen gesellschaftlichen Wandel vorantreiben. Gemeinsam mit dem Volk wurde beschlossen, dass wir keine Maschinen außer die Klimaanlagen betreiben sowie medizinische Geräte. Es gibt keine Autos, kein Internet, keine Flugzeuge...damit alles auf die Luft und die Lebensbedingungen verwendet wird." Sie hielt inne und grinste auf einmal. „Nun ja, für den Notfall habe ich einen Helikopter und wir besitzen eine Notausrüstung für humanitäre Einsätze. Und die Regierungsmitglieder sind mit bester Technik ausgestattet, damit wir zum Beispiel den Weltraum und das Wetter beobachten." Sie lehnte sich im Stuhl zurück.

„Und das Beste an der ganzen Sache: Wir leben sozusagen unbeobachtet. Unser Dach spiegelt in den Weltraum ein anderes Bild von Afrika. Alle denken, dass hier Wüste ist, mit ein paar überfüllten Großstädten. Dieses Satellitenbild senden wir in den Weltraum und jeder, der uns von oben anschaut, denkt eben, genau, das ist ja klar, das ist der Verbotene Kontinent, da wo sie keine Ahnung haben und wo sie in der Sonne gebraten werden." Ihr Lachen gluckste durch den Raum und ich starrte sie mit offenem Mund an.

Ihre Aussagen schienen mir wie harte Schläge auf meine Seele, es war, als würde alles, woran ich geglaubt hatte, zerbrochen sein. Und so musste ich wohl auch aussehen.

„Ronan, was auch immer sie dir erzählt haben, nichts davon stimmt. Ja, sie haben uns als verboten deklariert, als verseucht und krank. Weil sie uns abgestoßen haben. Seit Jahrzehnten schicken sie uns ihre Abtrünnigen oder wie auch immer man sie bezeichnen kann. Das ist alles. Zu mehr Kommunikation ist es nicht gekommen und Luca hat dieses Satellitenbild geschluckt genau wie alle anderen."

Ihr Blick fiel auf ein Blatt Papier vor ihr auf dem Tisch. „Nun aber zu dir, Ronan. Ich habe hier dein Protokoll von Marcos. Da steht nicht sonderlich viel, also du musst mir was über dich erzählen. Und du hast heute Geburtstag!" Sie strahlte mich an. „Herzlichen Glückwunsch!"

Ich nickte nur genervt und antworte nicht.

„Warum bist du hier?" Wieder dieser neugierige Blick von ihr.

Ich schnaubte laut. „Das wüsste ich auch gerne!", erwiderte ich wütend. „Ich bin in diesem Flugzeug aufgewacht, gefesselt und..." Ich stockte. Was sollte ich eigentlich erzählen, was konnte ich erzählen? Ich war doch ein Niemand. Was hatte ich vor einer Regierungspräsidentin zu sagen?

Lia merkte meine Zurückhaltung und schaute wieder auf das Papier. „Also, hier steht nur, dass du Musik magst und gerne ein Instrument spielen würdest. Zufällig mag ich auch Musik und ich spiele alle möglichen Instrumente!" Sie strahlte mich an und es kam mir vor, als würde ich um Jahre

134

zurückversetzt sein, in meine Kindheit, wo man noch träumen konnte. Mein Blick fiel auf ihre Plakate an den Wänden.

„Welche Musik hörst du denn?", fragte ich zögernd und es schien mir so absurd, diese Frage einer Regierungspräsidentin zu stellen.

„Ach, ich höre ab und an mal Rock, dann wieder Klassik, dann wieder indische Musik, was mir gerade so gefällt." Lia zuckte die Schultern. „Was ist deine Lieblingsband?

„Iron Maiden", erwiderte ich.

Ruckartig stand sie auf und trat an ein großes Regal an ihrer Wand. „Ich habe sie sogar als CD noch hier, warte, ich suche sie!"

Und sie fing an zu suchen. Einen Moment lang betrachtete ich sie sprachlos, dann stand ich auf, legte die Tüte auf den Boden, ging um den Schreibtisch und stellte mich auch an das Regal.

Es waren alles bekannte Namen zu lesen, alles Musik aus vergangenen Zeiten, tolle Musik. Mein Gehirn schien sich schlagartig zu entspannen und ich war fasziniert, dass es noch CD's gab.

„Wow!", stieß ich hervor und Lia lachte leise, während sie ein paar Stapel CD's herauszog und auf dem Boden ausbreitete.

03.06.2298

Das schnelle Laufen wurde abrupt unterbrochen, das Wesen kniete sich hin, ich hörte auf einmal einen Aufschrei und dann fiel es auf mich auf den Bauch. Ich bekam kaum Luft, es war grässlich heiß und die Rippen des Wesens drückten auf mich. Wenn es Rippen hatte, war es vielleicht ein Mensch.

Für einige Zeit passierte rein gar nichts, dann ertönten von weit weg Stimmen, wir wurden hochgehoben und anscheinend in eine Art Transporter verfrachtet, denn ein leiser Motor war zu hören. Wir ruckelten los, es schien ewig zu dauern. Wir waren umgedreht worden, jetzt lag das Wesen nicht mehr auf dem Bauch, sondern auf dem Rücken.

„ID 0666, Ronan Sova", hörte ich eine Stimme neben mir. „Der Junge hat zur Flussmannschaft gehört, hat sich wohl gedacht, er könnte einen Ausflug machen."

„Ok, hab den Chip schon ausgelesen. Keine auffälligen Verhaltensweisen bislang. Mehrmals in Behandlung wegen Allergien und Hautproblemen gewesen. Seine Eltern haben ihre CO_2-Schulden noch nicht abgearbeitet, befinden sich im Säuberungsteam vom Atommüllendlager A102. Scheint aber selbst ein harmloser Vogel zu sein", erwiderte eine zweite Stimme und mir wurde übel.

Was sollte das alles bedeuten? Wovon redeten sie?

136

Wir hielten nach einer Weile, man verfrachtete uns wieder woanders hin, es rauschte, Türen quietschten, fielen ins Schloss, und schließlich war es ruhig.

„Ein junger Mann namens Ronan, ausgerissen. Entscheidet, was ihr mit ihm macht. Mein Vorschlag, einfach in den Bunker bringen lassen. Keine weiteren Maßnahmen nötig", hörte ich eine der zwei vorherigen Stimmen zu jemandem murmeln und eine andere Person erwiderte: „Okay, danke euch. Schau mir den Burschen an."

Es passierte nicht weiter viel, bis sich schließlich der Körper unter mir regte, das Wesen schien wach zu werden.

„Ah, Ronan, Sie sind wieder wach! Wie schön." Die Stimme war über uns.

Ich spürte, wie das Wesen im Anzug erstarrte und ich hörte seinen flachen, schnellen Atem. Es war ein Mensch. Ganz sicher. Ein Junge namens Ronan.

Als eine zittrige Welle durch Ronans Körper lief, hörte ich seine aufgebrachte Stimme durch den Anzug beben: „Wir, das Volk, werden in diesen Bunkern ausharren und sterben. Das wollten Sie sagen."

„Was erlauben Sie sich!", rief eine Frau. „John, gib ihm lieber noch eine Spritze."

Der andere Mann fing an zu lachen. „Ronan. Was auch immer Sie von uns denken, ist irrelevant. Die Erde steht vor dem größten Angriff seit Menschengedenken. Wir sollten alle unser Nötigstes tun, dies so gut wie möglich abzumildern..."

Eine Unruhe erfasste den Raum und eine seltsame Stimme erklang, aus weiter Ferne. Kalt und mechanisch.

„Liebe Mitbürgerinnen und Mitbürger, die Rakete mit unserer Regierung und allen nötigen Wissenschaftlerinnen und

Wissenschaftlern geht in wenigen Minuten ins All. Zur Sicherung unserer Art haben wir die DNA der wichtigsten Pflanzen, die wichtigsten Datenträger mit an Bord. Wir bleiben in Kontakt. In regelmäßigen Abständen werden weitere Menschen, die den Asteroiden 666 mit ihren technischen und physikalischen Kenntnissen untersuchen können, mit Raketen nachreisen. Noch heute.

Liebes Volk, bleiben Sie, wo Sie sind, in Ihren Bunkern. Bleiben Sie gesund!"

Die Worte drangen nur langsam in mein Bewusstsein. Ins All? Was sollte das bedeuten?

Ronan applaudierte und rief: „Jaaa, endlich sind wir ohne Regierung! Wo hat es das schon mal gegeben? Dass eine Regierung ihr Land einfach verlässt und von selbst abhaut?"

Es vergingen kaum einige Sekunden, als plötzlich ein Gerangel entstand, Ronan und der andere Mann schienen miteinander zu kämpfen, dann hörte ich einen Schrei von Ronan, ruckartige Tritte von ihm, lautes Gefluche und schließlich fiel Ronan zurück auf den Rücken.

Ich zitterte und rechnete damit, dass sie jeden Moment den Anzug öffnen würden. Es waren sicherlich keine guten Menschen, es klang alles äußerst mysteriös und ich fühlte auf einmal Verbundenheit mit dem Jungen unter mir. Was konnte er nur getan haben?

„John, setz' ihn mit in die letzte Maschine zum Verbotenen Kontinent. Er ist nicht so harmlos wie es seine Daten sagen." Die Frauenstimme war zu hören, diesmal näher, sie schien neben uns zu stehen.

John stöhnte leise und meinte: „Okay, haben sie denn noch Platz im Flugzeug?"

138

Schon wieder Flugzeug, dachte ich entnervt. Das erinnerte mich an Portugal. Und an Carrie.

„Ja, sicher. Nichts wie weg mit dem Jungen."

„Okay, machen wir so."

Es folgte ein geschäftiges Geraschel und Getue, schließlich wurden wir weggeschoben, es ging wieder durch Türen.

Schließlich hörte ich John rufen: „Hier habt ihr noch einen Passagier. Sollte bald wieder aufwachen. Keine besondere Behandlung erforderlich."

06.06.2298

„Wo ist sie denn, das kann doch nicht sein!", rief Lia und raufte sich die Haare. „Ich weiß, dass ich sie habe."

Wir zogen stapelweise ihre CD's aus den Regalbrettern und hatten uns sogar auf den Boden gehockt. Während ich die ganzen Musikernamen und Songtitel las, wurde mir warm ums Herz. Wenn ich doch nur wirklich ein Instrument erlernt hätte.

„Kannst du mir Gitarrenunterricht geben?", fragte ich Lia beiläufig.

„Ja, sicher", erwiderte sie und schien es wirklich ernst zu meinen. Sie unterbrach ihre Suche nicht und sagte nur: „Im Keller habe ich einen Proberaum."

Ja, wunderbar, dachte ich und beobachtete sie, wie sie ihre CD's durchwühlte. Ein kurioses Mädchen und noch viel kurioser, dass ich sie getroffen hatte.

„Da ist sie!" Lia wedelte mit der CD.

Bevor ich einen Blick auf das Cover werfen konnte, hatte sie schon die Scheibe in ihre Musikanlage geschoben.

„Bitte, spiel mir 'The Number of the Beast'!", rief ich aufgeregt und hatte alle Bedenken gegenüber Lia vergessen.

Wir hockten auf dem Boden und lauschten gespannt. Als das Intro von meinem Lieblingslied erklang, schien es wie aus weiter Ferne zu kommen. Für einige Augenblicke schauten wir uns wortlos an und es schien mir, als würde die Zeit stehen bleiben.

Dann sagte sie leise: „Sie singen ja von der Zahl 666?"

Ich runzelte die Stirn. „Ja", sagte ich zögernd und wollte, dass sie sich doch das Lied in Ruhe anhörte.

Sie erhob sich und schaute wie hypnotisiert zum Kalender, der an der Wand hing.

„Euer Asteroid hieß 666, oder?", fragte sie schließlich fast flüsternd.

In mir zogen sich die Nerven zusammen, obwohl ich nicht wusste, worauf sie hinauswollte.

„Ja", erwiderte ich. Was hatte der Songtext damit zu tun? „Lass uns doch das Lied hören!"

Ihr Gesicht, das vorher stets entspannt und freundlich geschaut hatte, verwandelte sich in einen ängstlichen und zittrigen Ausdruck. Sie tastete mit der Hand nach ihrem Schreibtischstuhl und ließ sich darauf nieder. Dann schaute sie das Papier meines Protokolls an.

„Ronan, sag mir jetzt, warum du gekommen bist. Du hast diese Tüte. Zeig' sie mir sofort!" Ihre Stimme klang auf einmal panisch.

Ich zuckte zusammen und konnte nicht glauben, dass dieses Mädchen sich schlagartig so emotional wandeln konnte.

Sie starrte mich an und ich starrte zurück. Was sollte das ganze Spiel? Erst wollte sie die CD suchen, jetzt verhielt sie sich, als wäre ich ein gefährlicher Terrorist.

„Ronan, zeig' mir sofort die Tüte und das, was dort drin ist!" Ihre Stimme war schrill.

Zögernd stand ich auf. Ich musste ihr wohl gehorchen, sonst würde sie gleich ein paar Bodyguards rufen. Aber warum auf einmal? Sie hatte mich die ganze Zeit wie einen Freund behandelt und jetzt das. Langsam ging ich um den Schreibtisch und schaute dabei auch auf den Wandkalender, den sie anstarrte, als würde daraus eine Spinne kriechen.

Heute war der 06.06.2298. Das wusste ich doch, ich hatte schließlich Geburtstag, woran mich schon mehrere erinnert hatten.

Was war denn nur mit diesem verrückten Mädchen los?

Wie in Zeitlupe nahm ich die Tüte hoch und legte sie ihr auf den Schreibtisch. Im Hintergrund heulten die Gitarren von Iron Maiden. Lia schaute mich an wie ein kleines Mädchen, dass darauf wartet, dass es bestraft wird.

„Es passiert doch aber gar nichts!", rief ich, entnervt von ihrem Gehabe und warf mich in den Stuhl. „Jetzt guck' schon rein!"

Vorsichtig zog Lia die alte Tüte zu sich, hob eine Seite an und schaute zögernd hinein. Dann griff sie mit der anderen Hand hin und zog das kleine Notizbuch heraus. Sie ließ es vor sich auf der Tischplatte liegen und starrte es an.

Dann starrte sie wieder mich an. Minutenlang.

Ich traute mich nicht, irgendetwas zu sagen. Ich musste ihr standhalten, ich musste wissen, was hier vor sich ging, ich wollte wissen, was in dem Buch stand und endlich dieses Rezept wissen. Ob es überhaupt drin stand.

141

Lia löste sich aus ihrer Starre, zog das Band vom Buch und öffnete es ganz langsam.

Sie las den Namen auf der ersten Seite. Und schaute mich wieder an.

„Hast du drin gelesen?", fragte sie leise.

„Wie denn?", fragte ich und zuckte die Schultern. „Ich kann kein Portugiesisch."

Lias Gesicht entspannte sich leicht und ihre Augen lachten. „Du hast nach der Rezeptur für das Heilmittel gesucht?", fragte sie.

Ich zuckte wieder die Schultern. „Es ist doch der Grund, warum wir alle suchen mussten. Wenn es da drin steht."

Lia runzelte die Stirn. „Ich muss es durcharbeiten, hier steht so viel drin. Lunas Gedanken..."
Sie streichelte die Seiten. „Hier, ihre Bedürfnispyramide! Ha, endlich sehe ich das Original!" Ihre Augen leuchteten.

„Bitte, sag mir doch, was hat sie da herein geschrieben! Was soll das Gerede von Pyramiden?" Ich beugte mich vor.

Das Gesicht von Lia verschloss sich sofort. Sie schob das Notizbuch zurück in die Tüte.

Was hatte sie denn nur? Sie misstraute mir.

„Du vertraust mir nicht, oder?", fragte ich scharf. „Ich werde vor eurem Kontinent ausgesetzt, soll mich integrieren, dann bringe ich dir das Buch von Luna und du behandelst mich auf einmal wie einen Verbrecher."

Sie krampfte ihre Hände zusammen und schaute unentschlossen. Wieder vergingen ein paar Momente, bis sie wieder sprach.

„Ronan Sova, mit der ID 0666, geboren am 06.06., du kommst ausgerechnet heute, am 06.06. und hörst mit mir 'The number of the beast'. Wer könnte das Biest sein? Mit der

142

Nummer 666?" Sie musterte mich und fügte hinzu: „Euer Asteroid hieß 666. Er ist aber nicht gekommen. Was könnte stattdessen kommen? Jemand wie du? Mit der Nummer 666?"

05.06.2298

Von der Flugzeugreise kann und will ich nicht viel berichten, es waren anstrengende Stunden, es war kaum auszuhalten. Noch länger als damals der Flug nach Lissabon. Ich musste an Carrie denken und fragte mich, wo sie wohl gerade war.

06.06.2298

Während mein Gehirn noch versuchte, die Worte von Lia einzuordnen, klingelte Lias Telefon. Wir zuckten beide zusammen und Lia hob den Hörer erst nach mehrmaligem Klingeln ab.

„Ja?", fragte sie mit schwacher Stimme.

Meine Augen verfolgten jede ihrer Gesichtsregungen. Lange Zeit sagte sie nichts, hielt den Hörer in der Hand. Aber sie erstarrte in ihrer kompletten Haltung und ihr Gesicht erbleichte. Mein Herz hämmerte schneller und ich fragte mich, wer mit ihr sprechen könnte. Ihr Weltraumbüro, dass den Asteroiden 666 doch noch gesichtet hatte?

Ich stand rastlos auf und beugte mich zu ihr.

Sie brachte nur hervor: „Ja, komme sofort."

Dann fiel ihr der Hörer aus der Hand und sie wich vor mir zurück, ihr Stuhl rollte nach hinten.

„Was geht hier ab?", fragte ich mit harter Stimme.

„Der Geheimdienst. Luca will mich sprechen."

Lia hielt sich mit einer Hand am Stuhl fest, während sie aufstand und sich aufrichtete.

„Luca?", echote ich ungläubig.

Ihr Gesicht war weiß wie die Wand und sie ging wie in Trance zur Zimmertür. Ich öffnete sie ihr und sie bewegte sich ohne weitere Kommentare auf den Flur. Sie schien mich vergessen zu haben.

In mir stürzten verschiedene Szenarien durcheinander, ich konnte es nicht glauben, dass Luca sich jetzt in das Geschehen einmischen konnte. Irgendetwas stimmte absolut nicht. Und was sollte das Gefasel von 666? Ich hatte doch nur ein Lied mit ihr gehört!

Lia öffnete eine Tür.

Auf dem Flur erschien eine Frau mit ernster Miene. Sie winkte Lia und nahm sie am Arm, als sie vor ihr stand. Mich beachtete sie kaum, sie sah Lia nur fragend an.

„Gast vom Alten Kontinent", murmelte Lia und wir gingen alle drei den mir bereits bekannten Weg zum Weltraumbüro.

„Vom Alten Kontinent?", wiederholte die Frau beunruhigt und öffnete zögernd die Tür. Sie stand unentschlossen da, warf mir einen unsicheren Blick zu und schaute dann zu Mick, der uns mit versteinerter Miene entgegeneilte.

144

„Er ist auf Sendung von seinem Raumschiff aus. Frag mich nicht, wie er das geschafft hat." Mick raufte sich die Haare. „Kommt rein und schaut es euch an."

Die Frau vom Geheimdienst verschränkte die Arme und sah mich eindringlich an. Ich schaute stumm zurück und dann zu Lia, die mich aber nicht weiter beachtete.

Mit klopfendem Herzen folgte ich ihnen in das Weltraumbüro und blieb sofort wie erstarrt stehen.

Luca war in Übergröße auf einem der Bildschirme zu sehen, hatte ein Headset und sprach zu uns aus seinem Raumschiff: „Lia Fonseca! Melde dich, ich muss dich sprechen!"

„Wie hat er das geschafft, sich hier einzuhacken?", flüsterte Lia entsetzt.

Mick schaute sie hilflos an. „Er hat unser Signal irgendwie gefunden, frag mich nicht, wie."

Lia ging zögernd zu den Schaltpulten und Reglern und starrte das Mikrofon an.

„Los, Lia, rede mit ihm. Es kann nicht mehr schlimmer kommen." Die Frau trat hinter sie. „Was auch immer er will, hör es dir wenigstens an."

Ich hielt mich im Hintergrund, während Mick, Lia und die Frau sich eng um das Mikro versammelten. Eigentlich hätte ich gehen sollen. Das sagte mein Instinkt. Sie würden mich sicher für all das Kommende verantwortlich machen, egal was es war. Doch ich blieb stehen, durchleuchtete Lucas Erscheinungsbild auf irgendeinen Hinweis, dass es vielleicht nur gespielt war. So groß und nah hatte ich ihn noch nie gesehen.

145

06.06.2298

Ich lag auf dem Schreibtisch in Lias Büro. Verdattert und ziemlich ratlos. Wie konnte es sein, dass ich mich nun in der Residenz einer Regierungspräsidentin aufhielt? Ich war doch Müll! Oder doch nicht? Konnte ich als Tüte wieder auferstehen, konnte ich wieder zu einer Tüte werden?

Für einige Augenblicke versuchte ich, das Geschehene zu verarbeiten, während im Hintergrund die Musik von der CD weiter spielte.

Die Nacht unter dem Kopfkissen von dem Jungen namens Ronan. Die Reise hierher. War das wirklich mein Leben?

Mein Blick fiel auf das Notizbuch, das offen auf dem Schreibtisch lag. Endlich konnte ich es einmal richtig betrachten. Lia hatte es in ihrem tranceähnlichen Aufbruch hier vergessen.

In diesem Moment öffnete sich die Zimmertür und ich zuckte zusammen. Ich hoffte, Ronan oder Lia zu sehen und blickte hoch. In wenigen Schritten war dieser Typ, Marcos, bei mir. Sein Gesicht beugte sich über mich. So nah wie jetzt hatte ich selten in ein Menschengesicht schauen können. Seine Augen schienen mich zu durchdringen, sein Blick war abfällig und voller Ekel. Und dieser glitt weiter zum Notizbuch.

In mir stockte alles, die Fasern hörten auf zu arbeiten, alles schien versteinert. Ich wusste auf einmal, was er vorhatte. Es war mein ganzes Dasein, für das ich gelebt hatte. Ich hatte dieses Notizbuch transportieren sollen. Doch wer war jetzt der rechtmäßige Empfänger?

Ohne dass ich weiter einen Gedanken fassen konnte, hatte Marcos seine Hand ausgestreckt, das Notizbuch gierig geschnappt und in seine Jackentasche gesteckt. Mit der anderen Hand fegte er mich vom Schreibtisch und ich flog unsanft auf den Boden. Dann verließ er eiligen Schrittes das Zimmer.

06.06.2298

„Hallo, Luca", brachte Lia mühsam hervor, als sie ihren Mund vor das Mikro hielt und die Kamera im Raum anschaltete. „Hier ist Lia."

Luca regte sich und sein Gesicht leuchtete auf. „Lia Fonseca! Freut mich, deine Stimme zu hören und dich endlich zu sehen!", rief er und seine Stimme klang so freundlich, dass mir der Mund offen stand.

Sein dunkles Haar war erstaunlich jugendlich, dachte ich, obwohl er schon so lange an der Macht war. Kaum Falten im Gesicht. Wie konnte er als Herrscher so verflixt gut aussehen?

Ronan, dachte ich verärgert, was denkst du denn in solchen wichtigen Momenten?

Im Hintergrund seines Kamerabildes konnte ich silberne Wände erkennen, einige Geräte und Armaturen.

Lia trat einen Schritt vom Bildschirm weg und betrachtete Luca. Sie warf mir einen schnellen und verunsicherten Blick zu.

„Warum willst du mich sprechen?", rief sie dann, auf einmal mutiger.

Luca räusperte sich und warf einen Blick neben die Kamera. Es war ein gehetzter Blick, eindringlich und anders, als ich von ihm erwartet hätte.

„Lia, ich habe nicht viel Zeit. Ich habe es geschafft, mich in diesem Teil meines Raumschiffs abzukapseln und bin hier mit meinem Informatiker..." Er zog einen dünnen Typen in Raumanzug neben sich, der kurz in die Kamera winkte und dann wieder verschwand.

Ungläubig folgte ich dem Geschehen.

„Ich muss euch warnen. Unter euch ist einer, der euch alle verraten wird", fuhr Luca in eiligem Ton fort. „Verlasst alle sofort euren Kontinent!"

Wir erstarrten.

Und dann fing Lia an zu lachen. „Luca, was soll das? Du selbst bist geflohen, um dich vor dem Asteroiden zu retten, den es nie geben wird. Und jetzt sagst du mir, wir sollen unseren Kontinent verlassen?", rief sie spöttisch und die Farbe kehrte in ihr Gesicht zurück. „Und außerdem, was soll das Ganze? Du setzt deine eigenen Landsleute ins Meer, schickst sie zum Müllsuchen, jeden Tag und dann willst du mich auf einmal vor jemandem warnen?"

Luca war die ganze Situation sehr unangenehm, so hatte ich ihn noch nie gesehen. Sein Bild in den Medien war immer von weiter Ferne gewesen, starr, herrisch, unerbittlich. War er es überhaupt?

148

Er räusperte sich und sagte dann ohne weitere Umschweife: „Ich bin nicht der, für den mich alle halten. Meine Parteimitglieder haben mich zu einer Marionette gemacht, ich bin Opfer einer Intrige. In Wirklichkeit ist der wahre Herrscher unter euch."

Mick und seine Kollegen fingen an zu tuscheln. Lia hielt inne. Die Frau schaute zu mir und ich erwiderte ihren Blick verwirrt. Für einen Moment schaute ich Luca an, der uns beobachtete. Wie sollten wir nur ein Wort von dem glauben, was er sagte?

Dann wandte sich Lia zu mir. Ihr Blick durchbohrte mich. Ich schluckte und ein Gefühl der Schwere nahm meinen Körper komplett ein. Mein Herz schien mir den Dienst zu versagen.

„Wie heißt derjenige, von dem du redest?", rief Lia scharf, ohne den Blick von mir zu nehmen.

Lucas Augen fielen auf mich, ich löste mich aus Lias Laserblick und konnte für einen Moment in Lucas klare Augen sehen.

Da wurde die Tür aufgerissen und alle fuhren zusammen. Marcos stand im hellen Licht vom Flur, seine Haare standen ab und sein Atem ging schnell.

„Ronan Sova, ich verhafte Sie! Sie sind enttarnt", zischte er mit einer eiskalten Stimme. Und er schritt auf mich zu, in seiner Hand eine Pistole, auf mich gerichtet.

Ich konnte mich nicht regen, zu stark war der Bann.

Aus dem Augenwinkel konnte ich wahrnehmen, wie Luca vor Entsetzen den Mund aufriss und rief: „Nein, nein, doch nicht er!"

149

Doch niemand hörte ihn mehr, Mick und Marcos hatten sich auf mich geworfen, sie überwältigten mich ohne Gegenwehr.

Die Geheimdienst-Frau stellte sich schützend vor Lia und rief: „Schafft ihn raus, den Eindringling!"

Ich lag reglos in Handschellen am Boden und konnte keinen klaren Gedanken mehr fassen. Was ging hier nur vor? Ich verstand gar nichts mehr. Erst der mysteriöse Auftritt von Luca, dann seine Warnung und jetzt Marcos.

Dieser drückte mein Genick auf den Boden und stieß drohend hervor: „Sag kein Wort! Wir werden dich unschädlich machen." Und mit einem Blick zu Lia meinte er gebieterisch: „Ich werde diesen Mann sogleich aufs Meer bringen lassen und ihn dort erledigen. Er hat uns alle verraten. Er ist 666. Sein Chip im Kopf ist der wahre Asteroid. Er ist eine tickende Zeitbombe. Noch ehe dieser Tag abgelaufen ist, wird der Chip explodieren und mit ihm die Atombombe."

Entsetztes Schweigen herrschte im Raum. Niemand schien zu atmen. Ich war gelähmt von diesen Worten. Mein Chip sollte eine Zeitbombe sein? Was für ein Quatsch. Das konnte nur ein Scherz sein, ein großer Scherz von Luca. Ronan Sova, was war ich sonst außer ein Müllsucher?

150

06.06.2298

„Dieser Marcos ist ein gefährlicher Mann!" Die leere CD-Hülle, die neben mir auf dem Boden lag, meldete sich zu Wort.

Ich schrak zusammen. Die Musik spielte immer noch. Gar nicht so schlecht, dachte ich. Etwas hart, aber guter Rhythmus.

„Wovon redest du?", fragte ich verdattert. Ein Gespräch hatte ich schon lange nicht mehr geführt und meine Stimme war brüchig und faserig.

„Na, der Typ, der gerade hier war. Ist ein gefährlicher Mann. Ständig sucht er Lias Zimmer durch, er ist total besessen." Die CD-Hülle räusperte sich und warf mir einen interessierten Blick zu. „Sag mal, bist du in Ordnung? Du siehst echt fertig aus."

Ich seufzte tief. „Ich komme von weit her, weißt du. Ich will nicht drüber reden."

Die CD-Hülle erwiderte verständnisvoll: „Okay, musst du ja nicht. Ich kann dir nur sagen: Dieser Marcos hat was vor. Das weiß ich, seitdem ich in diesem Zimmer stehe. Und das tue ich seit Lias zehntem Lebensjahr."

„Was meinst du? Was hat er vor?", fragte ich besorgt.

Der Blick von Marcos erschien vor mir, als er mich und das Notizbuch betrachtet hatte.

„Er will die Weltherrschaft. Er sucht das Rezept dieser Luna, diese Heilrezeptur. Er will einen Kontinent nach seinen Maßstäben aufbauen."

„Meinst du echt?", rief ich entsetzt.

Luna, das Mädchen, wie lange hatte ich sie nicht mehr gesehen. Was war aus ihr geworden?

06.06.2298

„Lia Fonseca." Die eindringliche Stimme von Luca ertönte und ich spürte, wie Marcos mich abrupt los ließ.

Er hatte Luca auf dem Bildschirm bislang wohl gar nicht bemerkt. Ich hob den Kopf vom Boden und konnte erkennen, wie Marcos den Regierungschef entsetzt anstarrte.

„Lu... Luca?", stotterte er mit heiserer Stimme.

Dieser reagierte nicht auf das verwirrte Fragen von Marcos, sondern sprach eisern weiter: „Lia Fonseca. Hör jetzt auf mich. Du musst dafür sorgen, dass ihr alle den Kontinent verlasst und du diesen Mann verhaften lässt. Sofort. Er ist der Verräter."

Alle folgten Lucas Blick, der zu mir und Marcos schaute. Lia starrte mich an, entsetzt und ängstlich. Dann fiel ihr Blick auf Marcos, der vor Hass ein Gesicht trug, dass niemand von uns wieder erkannte.

„Welchen Mann meinst du?", flüsterte Lia.

152

Luca nickte mit dem Kopf zu uns. „Marcos. Mein langjähriger Widersacher in meiner Partei. Nun dein Außenbeauftragter. Er will euch vernichten."

„Vernichten?" echote Lia fassungslos und starrte zwischen Marcos und mir hin und her, wie ein Tier, das nicht weiß, wem es vertrauen soll. Sie schien fast zusammenzubrechen.

Die Worte von Luca waren kaum zu glauben und doch spürte ich, dass Marcos mehr war als das, was er bislang zur Schau getragen hatte.

Ich rollte mich auf die Seite und versuchte mich aufzurichten. Mick war jedoch direkt bei mir und hielt mich am Boden.

„Luca, verzeihen Sie mir, ich kann das Ganze nicht glauben. Erst kommt dieser Eindringling hier und jetzt soll Marcos, unser Marcos, ein Verräter sein?!", rief Mick erbost. „Sind Sie überhaupt Luca?"

Und alle blickten auf das Kamerabild von Luca, der sich die Haare raufte. „Bei euch steht Marcos, der gegen mich eine jahrzehntelange Intrige organisiert hat: ich bin Luca, also der, der an die Macht auf dem Alten Kontinent gekommen ist, doch in Wirklichkeit bin ich eine Marionette meiner Partei und Marcos, damit ich meine Umweltschutzabsichten nicht weiter durchbringen kann. Und damit die Menschheit keinen Zugang zur Heilung erfährt." Luca beugte sich näher an die Kamera. „Lia, erzähl uns doch, wie ist Marcos zu euch ins Regierungsteam gekommen?"

Lia sah unsicher zu Marcos, der auf dem Boden kniete. „Er ist einst als Gestrandeter von eurem Kontinent gekommen. Meine Tante hat ihn aufgenommen." Sie hielt inne und ihr Gesicht erblasste. Marcos starrte sie an, für einen Moment liefen zwischen beiden Erinnerungen ab, so schien es.

153

„Er hat sich als großes Talent erwiesen, war sehr eifrig und konnte unsere Regierung in Sicherheitsfragen beraten", fuhr sie langsam fort. „Er war der erste vom Alten Kontinent, der von uns in den engeren Regierungsstab beordert wurde."

Marcos richtete sich auf und stürzte zur Tür.

„Haltet ihn auf!", schrie die Geheimdienst-Frau und ihre Hand sauste auf einen Knopf am Pult. Eine schrille Sirene ertönte und im Haus brach ein Tumult los.

06.06.2298

Die CD-Hülle und ich zuckten zusammen, als das Getöse begann. Und mit uns fingen alle Verpackungen im Zimmer an wild durcheinander zu reden. Gerenne auf der Treppe, Türenschlagen, laute Stimmen.

„Es geht los", murmelte die CD-Hülle. „Ich habe es die ganze Zeit gewusst. Das Biest ist gekommen. Heute ist der 06.06."

In diesem Moment wurde die Zimmertür aufgerissen und Lia stürzte herein. Ihr gehetzter Blick fiel auf den Schreibtisch und dann auf den Boden, wo ich lag.

Sie lief zu mir, schaute in mich hinein und schüttelte entsetzt den Kopf.

„Oh, nein, das Buch, das Buch...", jammerte sie und ich sah ihren verzweifelten Blick.

Hinter ihr erblickten wir einen Mann und eine Frau, die Marcos an beiden Armen gepackt und ihn durch den Flur geschleift hatten. An der Tür hatten sie Halt gemacht.

„Er hat es, Mädel! Das Buch", rief die CD-Hülle und vor Aufregung wäre sie beinahe auseinander gefallen.

Lia richtete sich blitzartig auf.

„Lia, wir bringen ihn in den Keller!", rief die Frau.

„Halt!" Lia rannte zu den dreien und zeigte mit dem Finger auf Marcos. „Gib mir das Buch. Sofort", stieß sie atemlos hervor.

Marcos verzog das Gesicht und wand sich im Griff seiner beiden Aufpasser. „Wovon redest du?", fuhr er sie wütend an.

Einen Moment lang starrte Lia ihn ausdruckslos an, dann griff sie in seine Jackentaschen. Und zog das Notizbuch hervor.

Die Zeit schien still zu stehen. Alles hielt den Atem an.

Sogar die CD war zu Ende gespielt.

06.06.2298

„Hey, Ronan, hör mir zu!" Lucas Stimme ließ mich hochschrecken. „Wir haben keine Zeit zu verlieren!"
Ich rappelte mich etwas verdutzt auf und schaute zu ihm hinauf.

„Ich will dir zwei wichtige Dinge sagen: Marcos und alle seine Leute, allen voran Jeremy, also meine Partei, haben dem Alten Kontinent den Asteroiden vorgegaukelt. Jetzt, wo die Elite hier oben in Sicherheit ist, hat Marcos die letzte Aufgabe, das ganze Projekt zu Ende zu bringen. Er hat den Befehl über eine Atombombe. Sie soll Afrika vernichten. Er hat nur auf die Rezeptur gewartet. Er will damit die Elite heilen. Und er will allen das Recht nehmen, an der Heilung teilzuhaben, die noch auf der Erde sind. Niemand soll ein Recht haben, hier weiter zu leben, wenn die Elite geflohen ist." Luca hielt inne und seufzte.

Ich schaute ihn an.

„Und was hast du zu erwarten bei dem Ganzen? Wirst du da oben bleiben?", fragte ich ihn schließlich, auf einmal hoch konzentriert.

Da wurde die Tür wieder aufgerissen und Lia stürmte herein.

„Ronan, was..." Sie hielt inne, als sie mich vor Luca am Bildschirm sah. Sie schaute von mir zu ihm und wieder zurück. In der Hand hielt sie das Notizbuch.

156

Luca zuckte die Schultern. „Ich werde hier oben bleiben. Bis jemand das Raumschiff wieder auf die Erde lässt. Sie wollen einen Neustart versuchen, natürlich. Auf dem Alten Kontinent. Zuerst wollen sie aber die Konkurrenz aus Afrika vernichten."

Lia starrte uns immer noch an.

„Habt ihr Marcos gefangen genommen?", fragte Luca.

„Ja, ja, wir haben ihn, er sitzt im Verhörraum unseres Geheimdienstes. Aber..." Lia stockte. „Was ist das nur für eine verrückte Sache? Wusstest du das, Ronan? Bist du deshalb zu uns gekommen?"

Ich schüttelte den Kopf und musste auf einmal grinsen, als ich ihren leicht wahnsinnigen Blick sah.

Luca kam näher an die Kamera. „Ich sollte euch nicht weiter aufhalten. Wenn Jeremy erfährt, dass Marcos außer Gefecht ist und sich nicht mehr meldet, wird er misstrauisch werden und euch die Bombe auf den Hals hetzen. Ihr müsst gehen. Sofort. Alle. Sie werden nicht mehr lange warten."

06.06.2298

Als Lia und Ronan in das Zimmer stürzten, hatte ich mit der CD-Hülle schon die verschiedensten Szenarien durch diskutiert, was nun zu tun war.

„Sieh an, der Junge hilft ihr anscheinend jetzt doch", murmelte die CD-Hülle.

Wir schauten den beiden zu, wie sie unschlüssig im Zimmer standen und Lia dann anfing, hin und her zu rennen.

„Im Grunde macht es keinen Sinn, zu fliehen", sagte Lia aufgeregt und umklammerte das Notizbuch mit beiden Händen. „Wohin sollen wir denn? Es gibt keinen sicheren Ort mehr auf dieser Erde."

Ronan starrte sie an und es schien eine unendliche Zeit zu vergehen, bis er antwortete: „Willst du etwa warten, bis wir hier alle zerbombt werden? Diese Verantwortung können wir nicht einfach so abgeben."

„Nein, überleg' doch mal. Wir müssten alle Bürger vom Land aufs Meer bringen, mit Booten, das wäre die einzige Lösung. Und dann wohin? Zu eurem Kontinent? Niemals!" Lia warf sich aufgebracht in den Schreibtischstuhl. „Wir gehen nirgendwohin. Es ist auch technisch und logistisch unmöglich, so viele Leute auf die Boote zu bringen – wir haben nicht genug Boote und außerdem kann man in der Sonne auf dem Wasser nicht für lange Zeit sein. Wir sind nicht geschützt. Unmöglich. Und Flugzeuge haben wir nicht genug. Wo sollen wir denn hin, das ist doch alles totaler Quatsch!"

158

Ihre Stimme war so entschlossen, dass Ronan lange Zeit nichts darauf erwiderte.

Ich hatte das Gefühl, dass ich mit dem Geschehen schon lange nichts mehr zu tun hatte. Die Menschen hatten das Notizbuch, Ronan schien auf einmal doch von Lia als vertrauenswürdig angesehen zu werden und dieser Marcos war als Bösewicht gestellt. Was tat ich noch hier? Unterhielt mich mit einer CD-Hülle, die die Songs ihres Albums auswendig konnte. Hoffentlich hing ich hier nicht Jahre ab und musste mir das ständig anhören!

Oh, Menschen, werft mich doch endlich in den Müll. Was sonst könnte ich von euch noch verlangen?

Ronan setzte sich gegenüber von Lia in den Stuhl und meinte langsam: „Okay, wir gehen nicht. Du hast Recht. Wir können nirgendwohin. Es gibt auch keine Lebensgrundlage auf dem Alten Kontinent mehr, es gibt keinen Baum, keine essbare Pflanze. Wir werden Marcos dazu bringen, die Atombombe zu entschärfen." Er schaute zuversichtlich und beugte sich vor. „Aber vorher schauen wir in das Notizbuch. Wir sollten wissen, was denn da zur Heilung steht."

„Entschärfen?", wiederholte Lia und lachte hilflos. „So ein Teil ist doch irgendwo weit weg von uns stationiert, das lässt sich nicht einfach entschärfen!"

Atombombe? Was sollte das sein?

Die CD-Hülle neben mir zuckte heftig zusammen. „Was hat der gesagt?", fragte sie entsetzt. „Eigentlich hatte ich ja auf ein Happy End gesetzt, nur bei solchen Sätzen schwindet meine Hoffnung."

„Was bedeutet das?", fragte ich verwirrt und kam mir wieder mal vor, als hätte ich von der Welt keine Ahnung.

159

Aber die CD-Hülle antwortete nicht. Sie beobachtete, wie Lia wieder das Notizbuch öffnete und darin blätterte und las. Ronan schaute ihr wissbegierig zu und schließlich brach Lia in ein lautes hysterisches Lachen aus.

„Was ist denn los? Bitte, sag mir doch, hat sie das Rezept herein geschrieben?" Ronan sah sie drängend an. „Warum lachst du so?"

Lia räusperte sich und meinte dann: „Verzeih mir bitte. Du kannst nichts dafür. Das Rezept steht hier nicht drin. Luna hat das Rezept nirgendwo aufgeschrieben. Es ist eine Legende. Das Rezept hat sie mündlich an ihre Tochter weitergegeben und so wurde es in der Familie Fonseca von Generation zu Generation weitergegeben. Es steht nicht in diesem Notizbuch und auch in keinem anderen."

Für einen Moment spielten sich in Ronans Miene verschiedene Emotionen ab, Entsetzen, Enttäuschung und zuletzt Wut. Er sprang auf.

„Das ist doch unglaublich!", fauchte er, mit rotem Gesicht. „Zuerst erfahre ich, dass es den Asteroiden nicht gibt, dass ich mein Leben verschwendet habe und jetzt soll diese Suchaktion auch ganz umsonst gewesen sein?!" Er fasste sich in die Haare, trat gegen den Schreibtisch und beugte sich dann vor zu Lia, die ihn ängstlich beobachtete. „Sag mir, warum habe ich mein Leben Dingen geopfert, die es nicht gibt?"

Seine Augen waren wie aus kaltem Eisen, die CD-Hülle und ich lagen atemlos auf dem Boden und uns wurde klar, dass hier das Schicksal der ganzen Menschheit zum Ausdruck kam.

06.06.2298

„Ronan, setz dich hin und atme tief durch!", rief Lia aufgebracht und beugte sich ebenfalls vor, sodass ihre Nase fast an meine stieß. „Du hast grandiose Arbeit geleistet, dieses Notizbuch von Luna zu finden! Es ist ihres und ja, es steht zwar kein Rezept drin, doch das könnte uns doch jetzt auch nicht mehr retten! Oder glaubst du, dass uns das vor einer Atombombe beschützen könnte?"

Mein Gehirn schien komplett den Geist aufgegeben zu haben, die Enttäuschung über die Enthüllungen war für mich nicht begreifbar. Ich hatte für meinen Kontinent im Müll gesucht, mein ganzes Leben hatte ich Angst vor einem Asteroiden gehabt – und wofür? Für nichts. Nichts davon war elementar gewesen, nichts echt.

Ich sank in mich zusammen, löste mich aus Lias starrem Blick und fiel auf meinen Stuhl zurück.

Sie sagte nichts und ich auch nicht. Wir schwiegen und schwiegen.

„Dann sag mir wenigstens, was das Rezept ist, aus welcher Pflanze ist es?", brachte ich irgendwann heiser hervor. „Und wehe, du lachst wieder."

Lia lächelte milde und verschränkte die Arme. „Es ist keine Pflanze", entgegnete sie frech.

„Was dann?" Ich schaute misstrauisch. „Ein Mineral?"

„Auch nicht." Lia schüttelte den Kopf. „Es ist nicht fassbar."

161

„Was soll das heißen?", fragte ich verwirrt.

„Das, was zur Heilung der Menschen fehlt, ist ganz einfach", sagte Lia mit ruhiger Stimme und holte tief Luft. „Es ist die Liebe zu sich selbst und zu anderen. Dadurch lässt sich alles heilen. Selbstliebe und Nächstenliebe."

Das sollte alles sein?

Ich konnte vor Überraschung nicht antworten und dachte nach. Sollte das wirklich stimmen? In meinem Leben war nicht viel Liebe gewesen, woher auch? Aus dem Müll konnte ich keine Liebe erwarten. Mein Blick fiel auf die alte Tüte am Boden, die das Notizbuch bewahrt hatte.

Bevor ich irgendetwas zu Lia sagen konnte, etwas in der Art wie: „Dann lass uns wenigstens versuchen, Marcos auszuquetschen und ihn zum Reden zu bringen. Wenn wir aus Liebe zu anderen handeln sollen, dann sollten wir diesen Kontinent retten."

Doch dazu kam ich nicht mehr.

Eine Druckwelle erfasste den Raum, es wurde alles hochgehoben, ich sah die Gegenstände durch die Luft fliegen, die Tüte wirbelte hoch, ich landete auf dem Boden, konnte aus dem Augenwinkel noch Lia neben mir liegen sehen, dann war alles schwarz.

07.06.2298

Die Luft flimmerte. Es lag überall grauer Staub und ich konnte ein gleißendes Licht über uns wahrnehmen. Die Sonne.

Meine Fasern glühten und brannten vor Schmerzen, ich konnte kaum einen Gedanken an meine Existenz fassen. War ich noch da, war ich noch eine Tüte? War der Plastik tatsächlich unantastbar?

Neben mir und rings herum herrschte absolute Stille.

Ich konnte kaum etwas sehen, alles schien aus Staub zu sein, kein Lüftchen ging.

Ich sank zurück in eine schwere Trance.

30.06.2298

Ich schrak hoch. Schlechte Träume hatten mich geplagt und ich erblickte erneut in eine Staubwüste vor mir. Meine Fasern taten immer noch weh und ich bemerkte, dass meine Haut fast komplett zerfetzt war. War ich noch eine Tüte?

Ich konnte aus dem Staub stille Figuren erkennen. Reste von Häusern, alleinstehende Mauern und verkrüppelte Bäume.

Die Sonne brannte vom Himmel.

Neben mir hörte ich ein leises Husten und in die einsame Wüste sagte die bekannte Stimme der CD-Hülle: „Ich wusste es die ganze Zeit, es war doch im Lied zu hören. 666 ist gekommen und das Feuer hat gewütet. Die Atombombe war 666."

Ich schaute zu ihr, sie lag unter einem zerborstenen Eisenstück im Staub, das hatte sie irgendwie vor der Zerstörung gerettet.

„Und jetzt?", fragte ich leise.

Von Jane Falda außerdem erschienen:

Die Zweifler, Thriller (2020)
Es ist das Jahr 2027 und der Mensch funktioniert, besser als nie zuvor. Doch Luisa Meier will nicht mehr funktionieren, sie kündigt ihren Job und tritt damit eine Lawine los. Eine geheime Macht, die Regulierer, stellt sich ihr in den Weg und will sie am Ausbruch aus dem gesellschaftlichen System hindern. Es entbrennt ein Kampf um das einzige, was dem Menschen geblieben ist: die Freiheit der Gedanken.